魔法科高中的劣等生 31

未來篇

The irregula
at magic high schoo

佐島 勤
Tsutomu Sato

illustration／石田可奈
Kana Ishida

illustrator assistant／ジミー・ストーン、末永康子

KEYWORDS

同步線性融合

巴西國軍所屬「十三使徒」之一——米吉爾．迪亞斯使用的戰略級魔法。別名「同步線性核融合」。魔法式為USNA提供。
在攻擊目標上空讓氫元素的等離子雲對撞，引發核融合反應，產生熱能與衝擊波破壞對象區域。
巴西曾經在展示軍力時使用，因此在「十三使徒」使用的戰略級魔法之中最為知名，但是米吉爾．迪亞斯以外的魔法師無法重現，該魔法的成功案例只有他一人。此外依據報告，沒有其他魔法能引發同樣大規模的核融合爆炸。
二〇九七年三月三十一日，巴西軍方和獨立派武裝游擊軍交戰時使用該魔法，結果造成上千人犧牲。「同步線性融合」的使用備受國際輿論抨擊，以這個事件為契機，戰略級魔法開始投入實戰。

冰河期

達也為深雪建構魔法式，匹敵戰略級魔法的超廣域冷卻魔法。
該魔法是振動減速系廣域魔法「冰霧神域」的擴張型，發動過程包含了「水霧炸彈」與「海爆」使用到的連鎖演算技術。
若是以海面為目標領域使用該魔法，必須進行直徑長達二十公里的遠距離瞄準，因此發動時要使用可以進行長程瞄準的特殊專用CAD。

司波達也
司波兄妹的哥哥。就讀第一高中三
知自己身為「守護者」必須保護
之外達觀一切。
司波深雪
達也的妹妹。就讀第一高中三
年A班。擔任學生會會長的優
等生。擅長冷卻魔法。是溺愛
哥哥的「重度戀兄情結」。

「我要將水霧炸彈從那個男人的頭頂打下去。」
伊果・
安德烈維齊・
貝佐布拉佐夫
Igor Andreivitch Bezobrazzoff
新蘇維埃聯邦所屬的戰略級魔法師，「水霧炸彈」的使用者。和艾德華・克拉克共謀偷襲達也卻一度失敗。

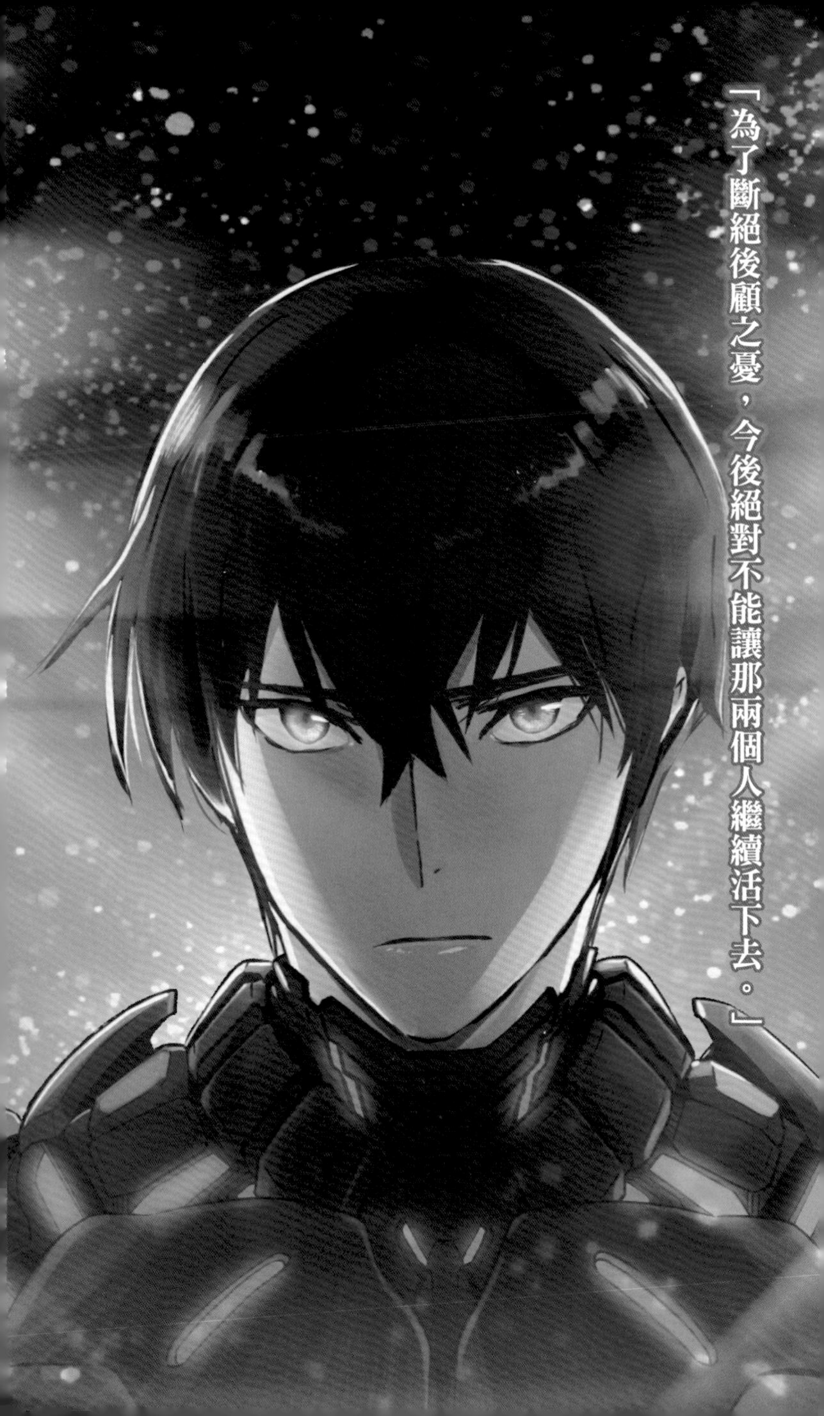
「為了斷絕後顧之憂，今後絕對不能讓那兩個人繼續活下去。」

「我知道了。
我們這邊也做好準備吧。」

曾經是深雪的「守護者」候選人。從光宣身旁回來後，依照她本人的意願而擔任達也與深雪的侍女。

「我決定要在明天過去。」

安潔莉娜・庫都・希爾茲

Angelina Kudou Shields

前年因為交換留學來到第一高中的金髮碧眼美少女。真實身分是USNA軍最強的魔法師安吉・希利鄔斯少校。現在藏身於巳燒島。

「——必須除掉對於美國來說已經成為明確威脅的司波達也。」
艾德華・克拉克
Edward Clark
USNA國家科學局（NSA）所屬的技術學者。是「至高王座」的管理者，也是金星移居計畫「狄俄涅計畫」的提案者。

背負某項缺陷的劣等生哥哥。
一切完美無瑕的優等生妹妹。
這對兄妹就讀魔法科高中之後，

風波不斷的每一天就此揭開序幕——

佐島 勤
Tsutomu Sato
illustration
石田可奈
Kana Ishida

Kadokawa Fantastic Novels

Character 登場角色介紹

司波達也

就讀於三年E班。達觀一切。
妹妹深雪的「守護者」。

司波深雪

就讀於三年A班，達也的妹妹。
前年以首席成績入學的優等生。
擅長冷卻魔法。溺愛哥哥。

西城雷歐赫特

就讀於三年F班，達也的朋友。
二科生。擅長硬化魔法。
個性開朗。

千葉艾莉卡

就讀於三年F班，達也的朋友。
二科生。
可愛的闖禍大王。

柴田美月

就讀於三年E班，達也的朋友。
罹患靈子放射光過敏症。
有點少根筋的認真少女。

吉田幹比古

就讀於三年B班，出自古式魔法名門。
從小就認識艾莉卡。

光井穗香

就讀於三年A班，深雪的同班同學。
擅長光波振動系魔法。
一旦擅自認定後就頗為一意孤行。

北山 雫

就讀於三年A班，深雪的同班同學。
擅長振動與加速系魔法。
情緒起伏鮮少展露於言表。

里美 昴

就讀於三年D班。
宛如美少年的少女。
個性開朗隨和。

英美・艾米莉雅・格爾迪・明智

就讀於三年B班，隔代混血兒。
平常被稱為「艾咪」。
名門格爾迪家的子女。

櫻小路紅葉

三年B班，昴與艾咪的朋友。
便服是哥德蘿莉風格。
喜歡主題樂園。

森崎 駿

三年A班，深雪的
同班同學。擅長高速操作CAD。
身為一科生的自尊強烈。

十三束 鋼

就讀於三年E班。別名「Range Zero」（射程距離零）。
「魔法格鬥武術」的高手。

七草真由美

畢業生。現在是魔法大學學生。
擁有令異性著迷的
小惡魔個性，
不擅長應付他人攻勢。

中条 梓

畢業生。曾任學生會會長。
生性膽小，
個性畏首畏尾。

市原鈴音

畢業生。現在是魔法大學學生。
冷靜沉著的智慧型人物。

服部刑部少丞範藏

畢業生。前社團聯盟總長。
雖然優秀，卻有著
過於正經的一面。

渡邊摩利

畢業生。真由美的好友。
各方面傾向好戰。

十文字克人

畢業生。
現在升學至魔法大學。
達也形容為「如同巨巖的人物」。

辰巳鋼太郎

畢業生。曾任風紀委員。
個性豪爽。

關本 勳

畢業生。曾任風紀委員。
論文競賽校內審查第二名。
犯下間諜行為。

澤木 碧

畢業生。曾任風紀委員。
對女性化的名字
耿耿於懷。

桐原武明

畢業生。關東劍術大賽
國中組冠軍。

五十里 啟

畢業生。曾任學生會會計。
魔法理論成績優秀。
千代田花音的未婚夫。

壬生紗耶香

畢業生。劍道大賽
國中女子組全國亞軍。

千代田花音

畢業生。
曾任風紀委員長。
和學姊摩利一樣好戰。

七草香澄

二年級。七草真由美的妹妹。
泉美的雙胞胎姊姊。
個性活潑開朗。

七寶琢磨

二年級。有力的魔法師家系
並且新加入十師族的
「七寶家」的長子。

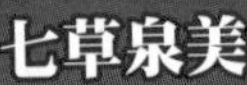

七草泉美

二年級。七草真由美的妹妹。
香澄的雙胞胎妹妹。
個性成熟穩重。

櫻井水波

二年級。
立場是達也與深雪的表妹。
深雪的守護者候選人。

隅守賢人

二年級。白種人少年。
父母從USNA歸化日本。

安宿怜美

第一高中保健醫生。
穩重溫柔的笑容
大受男學生歡迎。

平河小春

畢業生。以工程師身分
參加九校戰。
主動放棄參加論文競賽。

廿樂計夫

第一高中教師。
擅長魔法幾何學。
論文競賽的負責人。

平河千秋

三年級。
敵視達也。

珍妮佛・史密斯

歸化日本的白種人。達也的班級
與魔法工學課程的指導教師。

三矢詩奈

第一高中的「新生」。
由於聽覺過於敏銳，
所以總是戴著耳罩。

千倉朝子

畢業生。九校戰新項目
「堅盾對壘」的女子單人賽選手。

矢車侍郎

詩奈的青梅竹馬。
自稱是「護衛」。

五十嵐亞實

畢業生。曾任兩項競賽社社長。

五十嵐鷹輔

三年級。亞實的弟弟。個性有些懦弱。

小野 遙

第一高中的
綜合輔導老師。
生性容易被欺負，
卻有不為人知的另一面。

三七上凱利

畢業生。九校戰「祕碑解碼」
正規賽的男生選手。

九重八雲

擅長古式魔法「忍術」。
達也的體術師父。

國東久美子

畢業生，在九校戰競賽項目
「操舵射擊」和艾咪搭檔的選手。
個性相當平易近人。

一条剛毅

將輝的父親。
十師族一条家現任當家。

一条將輝

第三高中的三年級學生。
「十師族」一条家的
下任當家。

一条美登里

將輝的母親。
個性溫和，
廚藝高明。

吉祥寺真紅郎

第三高中的三年級學生。
以「始源喬治」的
別名眾所皆知。

一条 茜

一条家長女。將輝的妹妹。
國中二年級學生。
心儀真紅郎。

黑羽 貢

司波深夜、
四葉真夜的表弟。
亞夜子、文彌的父親。

一条瑠璃

一条家次女。將輝的妹妹。
我行我素，行事可靠。

黑羽亞夜子

達也與深雪的遠房表妹。
和弟弟文彌是雙胞胎。
第四高中的學生。

北山 潮

雫的父親。企業界的大人物。
商業假名是北方潮。

黑羽文彌

曾是四葉下任當家候選人。
達也與深雪的遠房表弟。
和姊姊亞夜子是雙胞胎。
第四高中的學生。

北山紅音

雫的母親。曾以振動系魔法
聞名的A級魔法師。

吉見

四葉的魔法師，黑羽家的親戚。
超能力者，可讀取人體所殘留的
想子情報體痕跡。極度的祕密主義。

北山 航

雫的弟弟。國中一年級。
非常仰慕姊姊。
目標是成為魔工技師。

鳴瀨晴海

雫的表哥。國立魔法大學附設第四高中的學生。

牛山

FLT的CAD開發第三課主任。
受到達也的信任。

千葉壽和

千葉艾莉卡的大哥。已故。
警察省國家公務員。

恩斯特・羅瑟

首屈一指的CAD製作公司
羅瑟魔工所
日本分公司社長。

千葉修次

千葉艾莉卡的二哥。摩利的男友。
具備千刃流劍術免許皆傳資格。
別名「千葉的麒麟兒」。

九島 烈

被譽為世界最強
魔法師之一的人物。
眾人尊稱為「宗師」。

稻垣

已故。生前是
警察省的巡查部長，
千葉壽和的部下。

九島真言

日本魔法界長老——
九島烈的兒子，
九島家現任當家。

小和村真紀

實力足以在著名電影獎
入圍最佳女主角的女星。
不只是美貌，演技也得到認同。

九島光宣

真言的兒子。雖是國立魔法大
學附設第二高中的二年級學生，
但因為經常生病幾乎沒上學。
和藤林響子是異父同母的姊弟。

九鬼 鎮

服從九島家的師補十八家之一。
尊稱九島烈為「老師」。

琵庫希

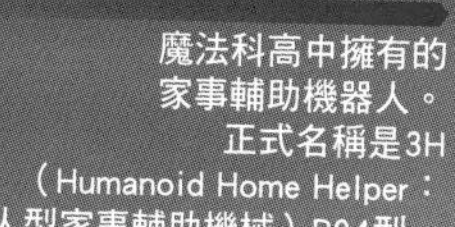

魔法科高中擁有的
家事輔助機器人。
正式名稱是3H
（Humanoid Home Helper：
人型家事輔助機械）P94型。

陳祥山

大亞聯軍
特殊作戰部隊隊長。
心狠手辣。

呂剛虎

大亞聯軍特殊作戰部隊的
王牌魔法師。
別名「食人虎」。

周公瑾

安排大亞聯盟的呂與陳
來到橫濱的俊美青年。
在中華街活動的神祕人物。

鈴

森崎拯救的少女。
全名是「孫美鈴」。
香港國際犯罪組織
「無頭龍」的新領袖。

布萊德利・張

逃離大亞聯盟的軍人。
階級是中尉。

丹尼爾・劉

和張一樣是大亞聯盟的逃兵。
也是沖繩祕密破壞行動的主謀。

檜垣喬瑟夫

昔日大亞聯盟親侵略沖繩時，
和達也並肩作戰的魔法師軍人。
別名「遺族血統」的
前沖繩駐留美軍遺孤的子孫。

風間玄信

陸軍101旅
獨立魔裝大隊隊長。
階級為中校。

真田繁留

陸軍101旅
獨立魔裝大隊幹部。
階級為少校。

藤林響子

擔任風間副官的
女性軍官。階級為中尉。

佐伯廣海

國防陸軍101旅旅長。階級為少將。
獨立魔裝大隊隊長風間玄信的長官。
外貌使她別名「銀狐」。

柳 連

陸軍101旅
獨立魔裝大隊幹部。
階級為少校。

山中幸典

陸軍101旅獨立魔裝大隊幹部。
少校軍醫，一級治癒魔法師。

酒井

國防陸軍總司令部軍官，階級為上校。
被視為反大亞聯盟的強硬派。

新發田勝成

曾是四葉家下任當家
候選人之一。防衛省職員。
第五高中校友。
擅長聚合系魔法。

四葉真夜

達也與深雪的姨母。
深夜的雙胞胎妹妹。
四葉家現任當家。

堤 琴鳴

新發田勝成的守護者。
調整體「樂師系列」第二代。
適合使用關於聲音的魔法。

葉山

服侍真夜的
高齡管家。

堤 奏太

新發田勝成的守護者。
調整體「樂師系列」
第二代。琴鳴的弟弟，
和她一樣適合使用
關於聲音的魔法。

司波深夜

達也與深雪的母親。已故。
唯一擅長精神構造干涉魔法的
魔法師。

花菱兵庫

服侍四葉家的
青年管家。
順位第二名之
花菱管家的兒子。

櫻井穗波

深夜的「守護者」。已故。
接受基因操作，強化魔法天分
而成的調整體魔法師
「櫻」系列第一代。

艾莎・錢德拉塞卡

印度波斯聯邦的
海德拉巴大學教授，
戰略級魔法「神焰沉爆」
的發明人。
立志讓魔法師與
非魔法師併存，正在準備設立
國際結社「Magian」。

司波小百合

達也與深雪的繼母。
厭惡兩人。

愛拉・克里希納・夏斯特里

錢德拉塞卡的護衛，
已習得「神焰沉爆」的
非公認戰略級魔法師。

津久葉夕歌

曾是四葉家
下任當家候選人之一。
曾任第一高中學生會副會長。
擅長精神干涉系魔法。

安潔莉娜・庫都・希爾茲

USNA魔法師部隊「STARS」的總隊長。階級是少校。暱稱是莉娜。
也是戰略級魔法師「十三使徒」之一。

瓦吉妮雅・巴藍斯

USNA統合參謀總部情報部內部監察局第一副局長。
階級是上校。來到日本支援莉娜。

希兒薇雅・瑪裘利・法斯特

USNA魔法師部隊「STARS」的行星級魔法師。階級是准尉。
暱稱是希兒薇，姓氏來自軍用代號「第一水星」。
在日本執行作戰時，擔任希利鄔斯少校的輔佐。

班哲明・卡諾普斯

USNA魔法師部隊「STARS」的第二把交椅。
階級是少校。希利鄔斯少校不在時的
代理總隊長。

米卡艾拉・弘格

USNA派到日本的間諜
（正職是國防總署的魔法研究人員）。
暱稱是米亞。

克蕾雅

獵人Q——沒能成為「STARS」的
魔法師部隊「STARDUST」的女兵。
Q意味著追蹤部隊的第17順位。

亞弗列德・佛瑪浩特

USNA魔法師部隊「STARS」的一等星魔法師。
階級是中尉。暱稱是弗列迪。
逃離STARS。

瑞琪兒

獵人R——沒能成為「STARS」的
魔法師部隊「STARDUST」的女兵。
R意味著追蹤部隊的第18順位。

查爾斯・沙立文

USNA魔法師部隊「STARS」的衛星級魔法師。
別名「第二魔星」。
逃離STARS。

神田

民權黨的年輕政治家。
對於國防軍採取批判態度的人權派。
也是反魔法主義者。

雷蒙德・S・克拉克

雫留學的USNA柏克萊某高中同學。
是名動不動就主動
和雫示好的白人少年。
真實身分是「七賢人」之一。

上野

以東京為地盤的
執政黨年輕政治家。
眾所皆知親近魔法師的議員。

近江圓磨

熟悉「反魂術」的魔法研究家，
別名「傀儡師」的古式魔法師。
據說可以使用禁忌的魔法
將屍體化為傀儡。

顧傑

「七賢人」之一。
別名紀德．黑顧，
大漢軍方術士部隊的倖存者。

喬．杜

協助黑顧逃走的神秘男性。能力出色，即使是
要躲避十師族魔法師們追捕的
困難工作也能俐落完成。

詹姆士．傑克森

從澳大利亞來到
日本沖繩的觀光客。
不過他的真實身分是——

卡拉．施米特

德意志聯邦的戰略級魔法師。
在柏林大學設立研究所的教授。

賈絲敏．傑克森

詹姆士的女兒。
雖然年僅十二歲，
卻是非常穩重，
應對進退相當成熟的少女。

伊果．安德烈維齊．貝佐布拉佐夫

新蘇維埃聯邦的戰略級魔法師。
科學協會魔法研究領域的
第一把交椅。

威廉．馬克羅德

英國的戰略級魔法師。
在國外數間知名大學
擁有教授資格的才子。

艾德華．克拉克

USNA國家科學局（NSA）所屬的技術學者。
「至高王座」的管理者。

劉麗蕾

繼承大亞聯盟戰略級魔法
「霹靂塔」的少女。
據說是劉雲德的孫女。

米吉爾．迪亞斯

巴西國軍所屬的戰略級魔法師，「十三使徒」之一。
戰略級魔法「同步線性融合」的使用者。
長相廣為人知，但是家族情報受到嚴密保護。

七草弘一

真由美的父親。
七草家當家。
也是超一流的魔法師。

二木舞衣

十師族「二木家」當家。
住在兵庫縣蘆屋。
表面職業是
數間化學工業、
食品工業公司的大股東。
負責監護阪神
與中國地區。

名倉三郎

受僱於七草家的強力魔法師。
已故。主要擔任真由美的貼身護衛。

三矢 元

十師族「三矢家」當家。住在神奈川縣厚木。
表面職業（不太確定是否能這麼形容）
是跨國的小型兵器掮客。
負責運用至今依然在運作的第三研。

五輪勇海

十師族「五輪家」當家。住在愛媛縣宇和島。
表面職業是海運公司的高層，
實質上的老闆。
負責監護四國地區。

六塚溫子

十師族「六塚家」當家。住在宮城縣仙台。
表面職業是地熱發電所挖掘公司的實質老闆。
負責監護東北地區。

八代雷藏

十師族「八代家」當家。住在福岡縣。
表面職業是大學講師以及數間通訊公司的大股東。
負責監護沖繩以外的
九州地區。

十文字和樹

十師族「十文字家」當家。住在東京都。
表面職業是做國防軍生意的
土木建設公司老闆。
和七草家一起負責監護
包含伊豆的關東地區。

東道青波

八雲稱他為「青波高僧閣下」。
如同僧侶般剃髮的老翁，
但真實身分不明。
依照八雲的說法是
四葉家的贊助者。

遠山（十山）司

輔佐十師族的
師補十八家「十山家」的魔法師。
存在目的不是保護國民，
而是保護國家機能。

部分插圖協助／魔法科高中製作委員會

Glossary
用語解說

魔法科高中
國立魔法大學附設高中的通稱，全國總共設立九所學校。
其中的第一至第三高中，每學年招收兩百名學生，
並且分為一科生與二科生。

花冠、雜草
第一高中用來形容一科生與二科生階級差異的隱語。
一科生制服的左胸口繡著以八枚花瓣組成的徽章，
不過二科生制服沒有。

一科生的徽章

CAD
簡化魔法發動程序的裝置，
內部儲存使用魔法所需的程式。
分成特化型與泛用型，外型也是各有不同。

司波達也的CAD

司波深雪的CAD

Four Leaves Technology〔FLT〕
國內一家CAD製造公司。
原本該公司製造的魔法工學零件比成品有名，
但在開發「銀式」之後，
搖身一變成為知名的CAD製造公司。

托拉斯・西爾弗
短短一年就讓特化型CAD的軟體技術進步十年，
而為人所稱頌的天才技師。

Eidos〔個別情報體〕
原為希臘哲學用語。在現代魔法學，個別情報體指的是
「伴隨事物現象而來的情報」，是「事象」曾經存在於
「世界」的記錄，也可以說是「事象」留在「世界」的足跡。
依照現代魔法學的定義，「魔法」就是修改個別情報體，
藉以改寫個別情報體所代表的「事象」的技術。

Idea〔情報體次元〕
原為希臘哲學用語。在現代魔法學，情報體次元指的是「用來記錄個別情報體的平台」。
魔法的原始形態，就是將魔法式輸入這個名為「情報體次元」的平台，
改寫平台裡「個別情報體」的技術。

啟動式
為魔法的設計圖，用來構築魔法的程式。
啟動式的資料檔案，是以壓縮形式儲存在CAD，魔法師輸入想子波展開程式之後，
啟動式會依照資料內容轉換為訊號，並且回傳給魔法師。

想子
位於靈異現象次元的非物質粒子，記錄認知與思考結果的情報元素。
成為現代魔法理論基礎的「個別情報體」，成為現代魔法骨幹的「啟動式」和
「魔法式」技術，都是由想子建構而成。

靈子
位於靈異現象次元的非物質粒子。雖然已經確認其存在，但是形態與功能尚未解析成功。
一般的魔法師，頂多只能「感覺到」活化狀態的靈子。

魔法師
「魔法技能師」的簡稱。能將魔法施展到實用等級的人，統稱為魔法技能師。

魔法式
用來暫時改變伴隨事物現象而來的情報之情報體。由魔法師持有的想子構築而成。

魔法演算領域

構築魔法式的精神領域，也就是魔法資質的主體。該處位於魔法師的潛意識領域，魔法師平常可以意識到魔法演算領域並且使用，卻無法意識到內部的處理過程。對魔法師本人來說，魔法演算領域也堪稱是個黑盒子。

魔法式的輸出程序

❶從CAD接收啟動式，這個步驟稱為「讀取啟動式」。
❷在啟動式加入變數，送入魔法演算領域。
❸依照啟動式與變數構築魔法式。
❹將構築完成的魔法式，傳送到潛意識領域最上層暨意識領域最底層的「基幹」，從意識與潛意識之間的「閘門」輸出到情報體次元。
❺輸出到情報體次元的魔法式，會干涉指定座標的個別情報體進行改寫。

「實用等級」魔法師的標準，是在施展單一系統暨單一工序的魔法時，於半秒內完成這些程序。

魔法的評價基準（魔法力）

構築想子情報體的速度是魔法的處理能力、
構築情報體的規模上限是魔法的容納能力、
魔法式改寫個別情報體的強度是魔法的干涉能力，
這三項能力總稱為魔法力。

始源碼假說

主張「加速、加重、移動、振動、聚合、發散、吸收、釋放」四大系統八大種類的魔法，各自擁有正向與負向共計十六種基礎魔法式，以這十六種魔法式搭配組合，就能構築所有系統魔法的理論。

系統魔法

歸類為四大系統八大種類的魔法。

系統外魔法

並非操作物質現象，而是操作精神現象的魔法統稱。
從使喚靈異存在的神靈魔法、精靈魔法，或是讀心、靈魂出竅、意識操控等，包括的種類琳琅滿目。

十師族

日本最強的魔法師集團。一条、一之倉、一色、二木、二階堂、二瓶、三矢、三日月、四葉、五輪、五頭、五味、六塚、六角、六鄉、六本木、七草、七寶、七夕、七瀨、八代、八朔、八幡、九島、九鬼、九頭見、十文字、十山共二十八個家系，每四年召開一次「十師族甄選會議」，選出的十個家系就稱為「十師族」。

含數家系

如同「十師族」的姓氏有一到十的數字，「百家」之中的主流家系姓氏也有十一以上的數字，例如「『千』代田」、「『五十』里」、「『千』葉」家。
數字大小不代表實力強弱，但姓氏有數字就代表血統純正，可以作為推測魔法師實力的依據之一。

失數家系

亦被簡稱「失數」，是「數字」遭受剝奪的魔法師族群。
昔日魔法師被視為兵器暨實驗樣本的時候，評定為「成功案例」得到數字姓氏的魔法師，要是沒有立下「成功案例」應有的成績，就得接受這樣的烙印。

各式各樣的魔法

● 悲嘆冥河

凍結精神的系統外魔法。凍結的精神無法命令肉體死亡，
中了這個魔法的對象，肉體將會隨著精神的「靜止」而停止、僵硬。
依照觀測，精神與肉體的相互作用，也可能導致部分肉體結晶化。

● 地鳴

以獨立情報體「精靈」為媒介振動地面的古式魔法。

● 術式解散

把建構魔法的魔法式，分解為構造無意義的想子粒子群的魔法。
魔法式作用於伴隨事象而來的情報體，基於這種性質，魔法式的情報結構一定會曝光，無法防止外力進行干涉。

● 術式解體

將想子粒子群壓縮成塊，不經由情報體次元直接射向目標物引爆，摧毀目標物的啟動式或魔法式這種紀錄魔法的想子情報體，屬於無系統魔法。
即使歸類為魔法，但只是一種想子砲彈，結構不包含改變事象的魔法式，因此不受情報強化或領域干涉的影響。此外，砲彈本身的壓力也足以反彈演算干擾的影響。由於完全沒有物理作用力，任何障礙物都無法防堵。

● 地雷原

泥土、岩石、砂子、水泥，不拘任何材質，
總之只要是具備「地面」概念的固體，就能施以強力振動的魔法。

● 地裂

由獨立情報體「精靈」為媒介，以線形壓潰地面，
使地面乍看之下彷彿裂開的魔法。

● 乾冰雹暴

聚集空氣中的二氧化碳製作成乾冰粒，
將凍結過程剩餘的熱能轉換為動能，高速射出乾冰粒的魔法。

● 迅襲雷蛇

在「乾冰雹暴」製造乾冰顆粒時，凝結乾冰氣化產生的水蒸氣，
溶入二氧化碳氣體使其形成高導電霧，再以振動系與釋放系魔法產生摩擦靜電。以溶入碳酸的水霧或水滴為導線，朝對方施展電擊的組合魔法。

● 冰霧神域

振動減速系廣域魔法。冷卻大容積的空氣並操縱其移動，
造成廣範圍的凍結效果。
簡單來說，就像是製造超大冰箱一樣。
發動時產生的白霧，是在空中凍結的冰或乾冰。
但要是提升層級，有時也會混入凝結為液態氮的霧。

● 爆裂

將目標物內部液體氣化的發散系魔法。
如果是生物就是體液氣化導致身體破裂，
如果是以內燃機為動力的機械就是燃料氣化爆炸。
燃料電池也不例外。即使沒有搭載可燃的燃料，無論是電池液、油壓液、冷卻液或潤滑液，世間沒有機械不搭載任何液體，因此只要「爆裂」發動，幾乎所有機械都會毀損而停止運作。

● 亂髮

不是指定角度改變風向，而是為了造成「絆腳」的含糊結果操作氣流，以極接近地面的氣流促使草葉纏住對方雙腳的古式魔法。只能在草長得夠高的原野使用。

魔法劍

使用魔法的戰鬥方式，除了以魔法本身為武器作戰，還有以魔法強化、操作武器的技術。
以魔法配合槍、弓箭等射擊武器的術式為主流，不過在日本，劍技與魔法組合而成的「劍術」也很發達。
現代魔法與古式魔法兩種領域，都開發出堪稱「魔法劍」的專用魔法。

1.高頻刃

高速振動刀身，接觸物體時傳導超越分子結合力的振動，將固體局部液化之後斬斷的魔法。和防止刀身自我毀壞的術式配套使用。

2.壓斬

使劍尖朝揮砍方向的水平兩側產生排斥力，將劍刃接觸的物體像是左右推壓般割斷的魔法。排斥力場細得未滿一公釐，強度卻足以影響光波，因此從正面看劍尖是一條黑線。

3.童子斬

被視為源氏秘劍而相傳至今的古式魔法。遙控兩把刀再加上手上的刀，以三把刀包圍對手並同時砍下的魔法劍技。以同音的「童子斬」隱藏原本「同時斬」的意義。

4.斬鐵

千葉一門的祕劍。不是將刀視為鋼塊或鐵塊，而是定義為「刀」這種單一概念，依循魔法式所設定的刀路而動的移動系統魔法。被定義為單一概念的「刀」如同單分子結晶之刃，不會折斷、彎曲或缺角，將會沿著刀路劈開所有物體。

5.迅雷斬鐵

以專用武裝演算裝置「雷丸」施展的「斬鐵」進化型。將刀與劍士定義為單一集合概念，因此從接觸敵人到出招的一連串動作，都能毫無誤差地高速執行。

6.山怒濤

以全長一八〇公分的大型專用武器「大蛇丸」所施展的千葉一門的祕劍。將己身與刀的慣性減低到極限並高速接近對手，在交鋒瞬間將至今消除的慣性疊加，提升刀身慣性後砍向對方。這股偽造的慣性質量和助跑距離成正比，最高可達十噸。

7.薄翼蜻蜓

將奈米碳管編織為厚度十億分之五公尺的極致薄膜，再以硬化魔法固定為全平面而化為刀刃的魔法。薄翼蜻蜓製成的刀身比任何刀劍或剃刀都要銳利，但術式不支援揮刀動作，因此術士必須具備足夠的刀劍造詣與臂力。

魔法技能師開發研究所

西元二〇三〇年代，日本政府因應第三次世界大戰當前而緊張化的國際情勢，接連設立開發魔法師的研究所。研究目的不是開發魔法，始終是開發魔法師，為了製造出最適合使用所需魔法的魔法師，基因改造也在研究範圍。

魔法技能師開發研究所設立了第一至第十共十所，至今依然有五所運作中。

各研究所的細節如下所述：

魔法技能師開發第一研究所

二〇三一年設立於金澤市，現在已關閉。

開發主題是進行對人戰鬥時直接干涉生物體的魔法。氣化魔法「爆裂」是衍生形態之一。不過，操作人體動作的魔法可能會引發傀儡攻擊（操作他人進行的自殺式恐怖攻擊），因此禁止研發。

魔法技能師開發第二研究所

二〇三一年設立於淡路島，運作中。

和第一研的主題成對，開發的魔法是干涉無機物的魔法。尤其是關於氧化還原反應的吸收系魔法。

魔法技能師開發第三研究所

二〇三二年設立於厚木市，運作中。

目的是開發出能獨力應付各種狀況的魔法師，致力於多重演算的研究。尤其竭力實驗測試可以同時發動、連續發動的魔法數量極限，開發可以同時發動複數魔法的魔法師。

魔法技能師開發第四研究所

詳情不明，推測位於前東京都與前山梨縣的界線附近，設立時間則估計是二〇三三年。現在宣稱已經關閉，而實際狀況也不明。只有前第四研不是由政府，是對國家具備強大影響力的贊助者設立。傳聞現在該研究所從國家獨立出來，接受贊助者的支援繼續運作，也傳聞該贊助者實際上從二〇二〇年代之前就經營著該研究所。

據說其研究目標是試圖利用精神干涉魔法，強化「魔法」這種特異能力的源泉，也就是魔法師潛意識領域的魔法演算領域。

魔法技能師開發第五研究所

二〇三五年設立於四國的宇和島市，運作中。

研究的是干涉物質形狀的魔法。主流研究是技術難度較低的流體控制，但也成功研究出干涉固體形狀的魔法。其成果就是和USNA共同開發的「巴哈姆特」。加上流體干涉魔法「深淵」，該研究所開發出兩個戰略級魔法，是國際聞名的魔法研究機構。

魔法技能師開發第六研究所

二〇三五年設立於仙台市，運作中。

研究如何以魔法控制熱量。和第八研同樣偏向是基礎研究機構，相對的缺乏軍事色彩。不過除了第四研，據說在魔法技能師開發研究所之中，第六研進行基因改造實驗的次數最多（第四研實際狀況不明）。

魔法技能師開發第七研究所

二〇三六年設立於東京，現在已關閉。

主要開發反集團戰鬥用的魔法，群體控制魔法為其成果。第六研的軍事色彩不強，促使第七研成為兼任戰時首都防衛工作的魔法師開發研究設施。

魔法技能師開發第八研究所

二〇三七年設立於北九州市，運作中。

研究如何以魔法操作重力、電磁力與各種強弱不同的交互作用力。基礎研究機構的色彩比第六研更濃厚，但是和國防軍關係密切，這一點和第六研不同。部分原因在於第八研的研究內容很容易連結到核武開發，在國防軍的保證之下，才免於被質疑暗中開發核武。

魔法技能師開發第九研究所

二〇三七年設立於奈良市，現在已關閉。

研究如何將現代魔法與古式魔法融合，試圖藉由讓現代魔法吸收古式魔法的相關知識，解決現代魔法不擅長的各種課題（例如模糊不明確的術式操作）。

魔法技能師開發第十研究所

二〇三九年設立於東京，現在已關閉。

和第七研同樣兼具防衛首都的目的，研究如何在空間產生虛擬結構物的領域魔法，作為遭遇高火力攻擊的防禦手段。各式各樣的反物理護壁魔法為其成果。

此外，第十研試圖使用不同於第四研的手段激發魔法能力。具體來說，他們致力開發的魔法師並非強化魔法演算領域本身，而是能讓魔法演算領域暫時超頻，因應需求使用強力的魔法。但是成功與否並未公開。

除了上述十間研究所，開發元素家系的研究所從二〇一〇年代運作到二〇二〇年代，但現今全部關閉。此外，國防軍在二〇〇二年設立直屬於陸軍總司令部的祕密研究機構，至今依然獨自進行研究。九島烈加入第九研之前，都在這個研究機構接受強化處置。

戰略級魔法師——十三使徒

現代魔法是在高度科技之中培育而成，因此能開發強力軍事魔法的國家有限，導致只有少數國家能開發匹敵大規模破壞兵器的戰略級魔法。

不過，開發成功的魔法會提供給同盟國，高度適合使用戰略級魔法的同盟國魔法師，也可能被認證為戰略級魔法師。

在2095年4月，各國認定適合使用戰略級魔法，並且對外公開身分的魔法師共十三名。他們被稱為「十三使徒」，公認是世界軍事平衡的重要因素。

十三使徒的國籍、姓名與戰略級魔法名稱如下所述：

USNA

安吉・希利鄔斯：「重金屬爆散」
艾里歐特・米勒：「利維坦」
羅蘭・巴特：「利維坦」
※其中只有安吉・希利鄔斯任職於STARS。艾里歐特・米勒位於阿拉斯加基地，羅蘭・巴特位於國外的直布羅陀基地，兩人基本上不會出動。

新蘇維埃聯邦

伊果・安德烈維齊・貝佐布拉佐夫：
「水霧炸彈」
列昂尼德・肯德拉切科：
「大地紅軍」
※肯德拉切科年事已高，基本上不會離開黑海基地。

大亞細亞聯盟

劉雲德：「霹靂塔」
※劉雲德已於2095年10月31日的對日戰鬥中戰死。

印度、波斯聯邦

巴拉特・錢德勒・坎恩：
「神焰沉爆」

日本

五輪 澪：「深淵」

巴西

米吉爾・迪亞斯：「同步線性融合」
※魔法式為USNA提供。

英國

威廉・馬克羅德：「臭氧循環」

德國

卡拉・施米特：「臭氧循環」
※臭氧循環的原型，是分裂前的歐盟因應臭氧層破洞而共同研發的魔法。後來由英國完成，依照協定向前歐盟各國公開魔法式。

土耳其

阿里・夏亨：「巴哈姆特」
※魔法式為USNA與日本所共同開發完成，由日本主導提供。

泰國

梭姆・查伊・班納克：「神焰沉爆」
※魔法式為印度、波斯聯邦提供。

STARS簡介

USNA軍統合參謀總部直屬魔法師部隊。共有十二部隊，
隊員依照星星的亮度分成不同階級。
部隊長各自獲頒一等星的稱號。

●STARS的組織體系

國防部參謀總部

1. 各部隊地位沒有高低之別。
2. 指揮權集中在總隊長，但實際上經常由基地司令下令。
3. 各隊隊長底下配屬恆星級、星座級、行星級、衛星級的隊員。總隊長沒有直屬部下。
4. 「PLANET STAFF」是以行星級成員組成的支援部隊。有時候不會動用恆星級隊員，只派出PLANET STAFF。
   希兒薇雅隸屬於PLANET STAFF。
5. STARDUST分發的基地不同。

企圖暗殺總隊長安吉・希利鄔斯的隊員們

●亞歷山大・艾克圖魯斯
第三隊隊長。上尉。繼承相當純正的北美大陸原住民血統。
和雷谷魯斯並列為本次叛亂的主嫌。

●雅各・雷谷魯斯
第三隊一等星級隊員。中尉。擅長使用近似步槍的武裝演算裝置發射
高能量紅外線雷射彈「雷射狙擊」。

●夏綠蒂・貝格
第四隊隊長。上尉。比莉娜大十歲以上，卻因為階級不如莉娜而心懷不滿。
和莉娜相處得不太好。

●佐伊・斯琵卡
第四隊一等星級隊員。中尉。東洋血統的女性。使用的是投擲尖細力場的「分子切割投擲槍」，
堪稱「分子切割」的改編版。

●蕾拉・迪尼布
第四隊一等星級隊員。少尉。北歐血統的高䠷窈窕女性。
擅長短刀搭配手槍的複合攻擊。

司波達也的新裝備「解放裝甲」

四葉家開發的飛行裝甲服。和國防軍開發的「可動裝甲」相比，不具備動力輔助功能，資料連結功能也比較差，但是防禦性能提升到同級以上。

隱形與飛行性能優秀，司波達也表示「甚至可以說比可動裝甲更適合用於追蹤」。

寄生物（吸血鬼）

源自精神的情報生命體。

據說原本是在異次元形成，推測是在進行微型黑洞製造與蒸發實驗時撼動次元之牆，因而出現在這個世界。

寄生物群沒有所謂的指揮官，具備獨立思考能力卻共享意識。寄生物可以相互通訊，也能在某種程度的範圍掌握同伴的位置採取行動。

二〇九五年冬季，司波達也等人一度遭遇這種寄生物，並且成功擊退。

當初該事件發生時，犧牲者沒有明顯外傷，體內卻失去大量血液，因此別名為「吸血鬼」。

「幽體消散」

這是和寄生物交手屢次陷入苦戰的達也終於開發的新魔法。可以將靈子情報體徹底逐出這個世界。

至今達也使用的是將情報體封入想子球體的無系統魔法「封玉」，該魔法的效果是暫時性的，須由精神干涉系魔法天分卓越的其他魔法師進行追加的封印處置。

不過，達也和艾克圖魯斯交戰時得知，精神體（靈子情報體）為了存在於這個世界，必須以想子情報體為媒介連結到世界。觀測精神體活動伴隨的情報變化，逆向掌握到被運用為連接媒介的想子情報體加以破壞，就能將精神體完全從這個世界切離。

達也所創造的這個魔法，就是靈子情報體支持構造分解魔法「幽體消散」。

The International Situation

2096年現在的世界情勢

以全球寒冷化為直接契機的第三次世界大戰——二十年世界連續戰爭大幅改寫了世界地圖。世界現狀如下所述：

USA合併加拿大以及墨西哥到巴拿馬等各國，組成北美利堅大陸合眾國（USNA）。

俄羅斯再度吸收烏克蘭與白俄羅斯，組成新蘇維埃聯邦（新蘇聯）。

中國征服緬甸北部、越南北部、寮國北部以及朝鮮半島，組成大亞細亞聯盟（大亞聯盟）。

印度與伊朗併吞中亞各國（土庫曼、烏茲別克、塔吉克、阿富汗）以及南亞各國（巴基斯坦、尼泊爾、不丹、孟加拉、斯里蘭卡），組成印度、波斯聯邦。

亞洲阿拉伯其餘國家，分區締結軍事同盟，對抗新蘇聯、大亞聯盟以及印度、波斯聯邦三大國。

澳洲選擇實質鎖國。

歐洲整合失敗，以德國與法國為界分裂為東西兩側。東歐與西歐也沒能各自整合為單一國家，團結力甚至不如戰前。

非洲各國半數完全消滅，倖存的國家也只能勉強維持都市周邊的統治權。

南美除了巴西，都處於地方政府各自為政的小國分立狀態。

The irregular at magic high school

未來

未曾　到來

【1】

當地時間二〇九七年七月二十二日夜晚，中途島基地（監獄兼補給基地）淪陷。珍珠與赫密士環礁基地全軍覆沒。設置於西北夏威夷群島的兩座基地接連慘遭蹂躪的消息，震撼白宮與五角大廈。

白宮嚴格管制媒體報導，徹底不讓國民接觸到這則新聞，同時要求五角大廈詳細報告事態。

頭痛的是五角大廈——國防部。在七月二十三日的時間點，ＵＳＮＡ軍的總司令部處於無法回答襲擊者真面目的狀態。中途島基地只回報一名飛行兵單獨破壞迎擊用的砲塔入侵，並且帶走三名囚犯，完全沒有關於飛行兵真實身分的線索，連照片都沒留。

珍珠與赫密士環礁基地的狀況更淒慘，基地裡的人員無人生還。出擊倖存的官兵只目擊不明飛行物體，唯一算是線索的只有航母「香格里拉號」艦長的通訊記錄。這段語音也進行高階的數位加工，即使是美軍現有性能最強的電腦也無法復原為原始聲紋。

只不過，關於襲擊者的真實身分並非毫無頭緒。

性能明顯超越ＵＳＮＡ軍所開發「推進裝甲」的飛行戰鬥裝甲，以及完美操控這套裝甲的高超技能。依照這兩個線索，美軍幾乎斷定襲擊者的真實身分是飛行魔法的開發者「托拉斯．西爾弗」——司波達也。

但是沒有證據。而且不提是否有證據，光憑一名魔法師，而且是年僅十八歲的少年就單獨攻下兩座基地，這種事實在說不出口。

因此以五角大廈的立場，無論白宮再怎麼責備，都只能謊稱「詳情不明」三緘其口。

關於西北夏威夷群島基地遭受的襲擊，統括美軍的國防部就像這樣暫時擱置，不過ＵＳＮＡ國內當然也有人無法坐視這種事態。

這些人之中最感焦慮的大概是艾德華．克拉克吧。他也推測襲擊中途島以及珍珠與赫密士環礁的人是達也。而且依照克拉克的解釋，這個事件某方面來說是達也在展示武力，針對他意圖根除達也（也就是戰略級魔法「質量爆散」的使用者）的策略與強硬手腕提出警告。

司波達也高調展現「我就算不使用戰略級魔法也能重創ＵＳＮＡ」的實力——克拉克是這麼認為的。要是議會與政府內部愈來愈多人從這次的武力展示感受到威脅，克拉克害怕自己的立場將面臨危機。

如果只有「狄俄涅計畫」就算了，鎖定達也非法偷襲日本本土的貝佐布拉佐夫和克拉克屬於共謀關係，這一點再怎麼掩飾都無法正當化。

即使克拉克實際上反對貝佐布拉佐夫偷襲也一樣。

——能讓自己活下去的路只剩一條。

——必須除掉對於美國來說已經成為明確威脅的司波達也。

——事已至此，不是殺就是被殺。

艾德華．克拉克已經陷入此等絕境。

自己將自己逼入絕境。

當地時間七月二十三日。為了討論今後方針，克拉克首先打電話給英國的威廉．馬克羅德。馬克羅德是當初提倡「狄俄涅計畫」至今的同志，克拉克和貝佐布拉佐夫分道揚鑣之後，他依然和克拉克維持合作關係。

換句話說，在除掉戰略級魔法師司波達也的陰謀中，馬克羅德是最能信任的搭檔。至少克拉克是這麼認為的。但是——

（……為什麼？為什麼不接電話？）

馬克羅德沒接克拉克的來電。

克拉克使用的電話號碼直通馬克羅德的個人辦公室，是分配給克拉克專用的號碼。只要馬克羅德在辦公室就知道這是克拉克打來的電話，就算不在辦公室，行動終端裝置也肯定會收到來電通知。

即使如此，馬克羅德依然整整一天沒接電話，也沒回電。這只能認定是他拒絕連絡。

（為什麼？發生了什麼事？）

克拉克覺得遭到背叛。然而即使這是事實，克拉克也無能為力。美國與英國之間，國力明顯是美國比較強。但馬克羅德是國家公認戰略級魔法師「十三使徒」之一，是英國政府的要人。相對的，克拉克「表面上」只是政府機構的職員，因此克拉克無法引導ＵＳＮＡ政府「朝英國政府施壓」。

（既然這樣，只能由我自己促使五角大廈行動了。）

即使無法唆使美國對親密的同盟國英國採取敵對行動，若是主張要從西太平洋的競爭國（也就是日本）除掉威脅美國霸權的戰略級魔法師，這種謀略說服美國政府的可能性很高。克拉克打著這個如意算盤。

（為此可能也得公開「至高王座」的存在……不過這已經在所難免。）

艾德華・克拉克是軍方訊號情報（包括竊聽、監聽、解碼等諜報活動）系統——梯隊系統Ⅲ的主要開發者之一。「至高王座」是克拉克藉由這個立場，利用梯隊系統Ⅲ暗藏的後門所設置的入侵系統。要是「至高王座」的存在曝光，克拉克因為叛國罪被處以無期徒刑的可能性很高，甚至很可能不經審判就掃描他的大腦再將他「作廢」。

但是無論如何，這樣下去他都沒有未來。

不管三七二十一說出一切，和政府進行一場「交易」吧。克拉克如此下定決心。

當地時間七月二十四日下午。艾德華・克拉克造訪五角大廈。

面會對象是國防部長連恩・史賓賽。

克拉克之所以能預約面會聯邦政府的主要幕僚，在於他身為梯隊系統Ⅲ的開發者，被國防部內部認定頗具價值，加上他提出的狄俄涅計畫，一度將聯邦軍當下最頭痛的戰略級魔法師司波達也逼入困境，因而受到期待。

克拉克簡單問候之後立刻進入正題。

「閣下。偷襲中途島以及珍珠與赫密士環礁這兩座基地的人物，無疑是日本的戰略級魔法師

「引發灼熱萬聖節的Great Bomb……更正，『質量爆散』的魔法師啊。根據是？」

「沒有物證。不過當時的狀況說明正是那個人幹的好事。」

克拉克面對國防部長的反問也沒畏縮。不過史賓賽說出的下一句話令他暫時忘記呼吸。

「以你自豪的至高王座也查不出來嗎？」

「……原來閣下知道至高王座啊。」

克拉克好不容易擠出這句話。

「艾德華．克拉克，可別小看我。任職於國防部的資訊網路專家不只你一人。」

「意思是至今一直放我一馬嗎？」

「我不知道『你們』具體來說想做什麼。我們確定至高王座的入侵行為不會危害系統，所以只是置之不理。」

不必重新思考，也不用懷疑史賓賽是否說謊。話中使用的名詞不是「你」而是「你們」，由此可見史賓賽長官已經掌握「七賢人」的行動。

克拉克體認到自己一直被政府玩弄於股掌之間。至今放他一馬是因為「七賢人」的行動看起來不違反ＵＳＮＡ「政府」的利益。要是判斷「七賢人」威脅到「當代政權」，政府肯定會將克拉克連同敵對的管制員趕盡殺絕。

「所以？假設襲擊西北夏威夷群島的是日本的戰略級魔法師，你認為該怎麼做？」

聽到這個問題，克拉克想起現在沒時間為自己不可一世的過去受到打擊。既然自己的立場比想像中危險許多，就得更加表現自己是可用之才。

「已經不該猶豫採取軍事行動。司波達也很可能位於正在建設恆星爐設施的島嶼。這是大好機會。」

「嗯……如果攻擊首都近郊，日本政府應該也不會默不作聲，但如果是外海一百多公里遠的島嶼，奇襲成功的可能性也不低……」

史賓賽賣關子般停頓片刻。

「不過……贏得了嗎？」

然後隨著貫穿身軀般的視線發問。

克拉克下意識吞了一口口水。

「……我知道對方不是這麼好對付。」

「沒錯。對方使用的魔法能將大小共一百多艘艦艇連同海軍基地摧毀，物量應該不構成任何意義吧。」

「閣下，我認為這個結論下得過於心急。」

史賓賽揚起眉頭，以視線要求說明。

克拉克像是抓緊這個機會，探出上半身。

「以大規模艦隊攻擊司波達也確實沒意義吧。即使派出轟炸機大隊，也只會成為那個魔法的獵物。不過那個魔法『質量爆散』始終是在單一位置引發超強力的爆炸，無法同時對應來自許多方向的攻擊。」

克拉克說得滔滔不絕。

然而說來遺憾，史賓賽看起來沒被感動。

「為什麼敢這麼斷言？」

他以冷靜到冷淡的聲音反問，克拉克沒能立刻回答。

「戰略級魔法『質量爆散』無法連發，這只不過是樂觀的預測。關於『質量爆散』，我們只知道是將質量變換為能量的魔法，而且這也只是從結果來推測。要產生那種程度的破壞力，我們推測肯定是將質量直接變換為能量。」

「…………」

「實際上，我們不知道該魔法的機制與極限。沒錯吧？」

克拉克無法反駁史賓賽的指摘。

「……可是，我國不能放任這種恐攻分子。」

他勉強能做的，就只是像這樣改變論點。

「這一點如你所說。」

而且這個戰術是對的。

「就算這麼說，必須犧牲許多『美國官兵』的這種作戰，我不能批准。克拉克先生，知道我的意思嗎？」

「我可以理解。」

克拉克立刻點頭。

「話說閣下，人類以外的犧牲也必須避免嗎？」

接著他如此補充。

「克拉克先生，你這話挺奇怪的。聯邦軍是以美國國民組成。擁有美國國籍的所有『人類』都背負國民的義務，享有國民的權利。」

史賓賽如此回應克拉克的問題。

◇◇◇

和國防部長面談結束之後，克拉克親自飛往巴西。在機上過了一晚，於當地時間七月二十五日早上，從儒塞利諾·庫比契克總統國際機場前往首都巴西利亞的USNA大使館。接著在大使

館員的帶領之下，一同搭乘國內線前往西部的大坎普國際機場。

抵達目的地巴西陸軍西部軍司令部時，是當地時間同一天的下午四點，日本時間七月二十六日凌晨四點。

在該處等待克拉克的是巴西陸軍西部軍參謀長費侯少將與米吉爾・迪亞斯少校。

米吉爾・迪亞斯是國家公認戰略級魔法師「十三使徒」之一，戰略級魔法「同步線性融合」的使用者。他在今年二〇九七年三月底，對武裝游擊軍的據點使用該魔法，成為後續接連將戰略級魔法或大規模戰術級魔法投入實戰的開端人物。

在當時的時間點，世界依然對於戰略級魔法投入實戰留著些許忌諱。大概因為這樣，所以使用同步線性融合之後，國際社會強烈抨擊巴西屠殺非戰鬥人員。巴西雖然否定屠殺，卻無從忽略排山倒海的抨擊，在之後的戰鬥避免使用同步線性融合。

不難想像這個對應令米吉爾・迪亞斯感到不滿。迪亞斯是巴西陸軍所屬的正規軍人。使用戰略級魔法當然不是他的獨斷決定，是服從長官命令的結果。但是備受國際社會抨擊的巴西政府公布了迪亞斯的處分。

雖說是處分，也只是輕判閉門反省兩週，然而迪亞斯不可能嚥得下這口氣。巴西政府一開始以強硬態度面對國際輿論，卻受不了高漲的抨擊聲浪，如同辯解般處罰迪亞斯。以米吉爾・迪亞斯的立場來看，是把責任推到他一個人身上。

政府當然沒忘記彌補（也可以說是討好）這位寶貴的戰略級魔法師。例如支付一筆高額補償金，反省期間還招待他們全家到政府高官享用的高級渡假設施。費用當然都由政府買單，還特別發行該渡假設施的會員權。除此之外也介紹首都「治外法權」的高級俱樂部，將只有躋身特權階級的政治家能享受的「娛樂」提供給迪亞斯。而且在軍方這邊也私下說定讓他在明年晉階。

客觀來看，可說是進行了最大限度的補償。大概是這個做法奏效，沒演變成迪亞斯叛逃巴西的最壞結果。但是雙方的隔閡並未完全消除。

心懷不滿的不只是迪亞斯。被迫低頭的政府高官也將反感藏在心裡。「區區兵器憑什麼」才是政治家的真心話。

侮蔑之意想藏也藏不住。高官的這種「真心話」更是增厚迪亞斯內心的隔閡。巴西政府和迪亞斯的關係，在這個時間點變得搖搖欲墜。

克拉克在這裡找到可乘之機。

「迪亞斯少校，我國需要貴官的力量。」

迪亞斯做出的反應，就只是默默看著克拉克。

但是克拉克從他冷淡的態度感受到確實的勝算。

「我們計畫對日本進行大規模的軍事作戰。」

「日本是貴國的同盟國吧？」

克拉克這句話難免令人感到唐突，費侯少將插嘴提出堪稱理所當然的疑問。

「閣下說的確實沒錯，但我們的攻擊目標不是日本政府或日本軍，是曾經非法攻擊我國軍事設施的恐怖分子。」

「意思是攻擊貴國基地的恐怖分子躲在日本？日本政府知道這件事嗎？」

對於費侯少將這個問題，克拉克略顯猶豫。

「……恐怕不知道。」

「恐怕？難道你沒問題嗎？」

「那麼，這次出動軍隊也沒有知會日本政府？」

費侯誇張地表示驚訝。

「即使要求引渡恐怖分子，日本政府也幾乎肯定不會答應。因為對我國軍事設施發動恐怖攻擊的人，是非公認戰略級魔法師司波達也。」

「司波達也？那個『托拉斯．西爾弗』嗎？」

這次費侯展現的驚訝不是裝出來的。

「那個人進行恐怖攻擊是確切的事實嗎？而且我也第一次聽聞他是戰略級魔法師。」

達也是戰略級魔法師，這在ＵＳＮＡ高層已經變成公開的祕密。日本的十師族當家們與周遭人士也都知道這件事。

但這不是公開的情報。從世界整體來看，還不認識達也——沒人認識達也的國家比較多。

「以『灼熱萬聖節』的通稱聞名，造成大量破壞與殺戮的質能轉換魔法『質量爆散』，是由司波達也這個戰略級魔法師使用的。這是確實的情報。」

「灼熱萬聖節……他是那個魔法的使用者嗎……」

費侯少將愕然低語。另一方面，迪亞斯依然保持沉默。

「……但是我沒聽說過貴國基地遭到大規模魔法攻擊。兩年前在遠東使用的魔法要是再度發動，我認為再怎麼嚴格管制媒體也壓不下這個消息。」

對於費侯的指摘，克拉克只在瞬間露出有苦難言的表情。

「……司波達也在這次的恐怖攻擊沒使用質量爆散。」

「那你們憑什麼根據斷定是司波達也襲擊？」

克拉克低頭迴避費侯的視線。

「——從狀況來看，實行犯肯定是那個人。」

「換句話說沒有物證？」

費侯如此追問。

克拉克沒能立刻回答。

「克拉克先生。基地遭到『某人』攻擊的這個事件，您該不會拿來反向利用，藉以除掉可能威脅貴國的戰略級魔法師吧？狄俄涅計畫原本也是這個目的吧？」

「參謀長閣下，這也無妨吧？」

克拉克不知如何回答時，迪亞斯幫了他一把。

「非正式的作戰應該不需要明確的根據。光是感受到威脅，就足以成為派兵的理由。而且以這邊的立場，考慮到和日本的外交關係，與其美軍正式要求我們派兵支援侵略作戰，祕密作戰的形式比較方便行事。必要的話當成我的獨斷決定，就可以將損害壓到最低。」

「少校甘願這麼做嗎？」

費侯這麼問也是理所當然吧。迪亞斯的言外之意是必要時可以將他切割出去。費侯這個問題聽起來是在擔心這個賭氣的部下。

「反正現狀也差不多吧。」

迪亞斯的回應，即使解釋為他在放話批判政府也無可厚非。

「……說得也是。」

但是費侯沒有責備迪亞斯。

國際輿論抨擊迪亞斯使用戰略級魔法，政府對此將迪亞斯一個人塑造為惡徒藉以搪塞，這種做法也令費侯感到不滿。

「而且……沒事。」

「而且什麼？少校，雖說在客人面前，但你不必顧忌。」

「……無法使用魔法的魔法師沒有價值。同樣的，無法使用同步線性融合的我也沒價值。」

「少校不是無法使用魔法，只是沒使用吧？」

「沒有機會使用。沒有能力使用。兩者的結果是一樣的。」

「即使沒使用，『能夠使用』的這個事實就成為遏阻力。戰略兵器就是這麼回事。」

「但是國際上抨擊我們將同步線性融合投入實戰，政府也接受了這些輿論。這不就等於承認再也不會使用我的戰略級魔法嗎？游擊軍肯定也這麼認為。」

本世紀的世界大戰結束後，南美大陸維持國家形態的只有巴西。在其他地區，各武裝集團好不容易將數百平方公里的彈丸之地納入勢力範圍，並且相互搶奪地盤。順帶一提，日本的淡路島約六百平方公里，在南美大陸掌握大於淡路島面積的武裝集團只有一成左右。

迪亞斯先前發動同步線性融合的對象，就是包含在這一成之內的大規模武裝集團之一。巴西政府不承認對方是國家，所以將其稱為反叛軍也不為過。

「參謀長閣下。我不想當米蟲。既然北美利堅願意給我機會使用同步線性融合，我會樂於跟他們一起走。我弟弟肯定也抱持相同心態。」

聽完迪亞斯的訴求，費侯少將思考的時間沒有太久。

「米吉爾，你說得很對。」

費侯對他的稱呼從軍階改為名字。不過依然維持對部下說話的語氣。看來他改變稱呼不是表達親切之意，是基於別的理由。

「展示同步線性融合的效果，也會成為國軍的利益。克拉克先生。」

「什麼事？」

即使話鋒突然轉向自己，克拉克也沒張皇失措。

「對日本的非正式作戰大約為期多久？」

「最長也會在一個月內了結吧。」

「這樣啊。」

費侯點頭回應，視線再度移向迪亞斯。

「米吉爾，我以我的權限放『迪亞斯少校』一個月的假。此外，你不必在這段期間告知所在地。安東尼奧那邊由你這麼轉告吧。」

「遵命，閣下。」

米吉爾．迪亞斯起身向費侯少將敬禮。

這種說法如同將「迪亞斯少校」和米吉爾．迪亞斯當成不同人，不過只有克拉克的隨行人員感到疑惑。

◇　◇　◇

擊退大亞聯軍的侵略之後，新蘇聯的戰略級魔法師伊果・安德烈維齊・貝佐布拉佐夫沒返回莫斯科，留在哈巴羅夫斯克。

他之所以待在遠東，是在等待抹殺達也的機會。在六月上旬與下旬，貝佐布拉佐夫兩次使用戰略級魔法水霧炸彈要撲殺達也，但都以失敗收場。不只如此，輔助水霧炸彈發動的珍貴複製體，以及堪稱「施放水霧炸彈專用之移動基地」的列車搭載式大型ＣＡＤ都被破壞，他自己也受到重創，吞下完全敗北的苦果。

他在鄰近日本的哈巴羅夫斯克收集關於達也動向的情報，但他選擇落腳的地點不是更接近日本的海參崴而是此地，還基於另一個理由。哈巴羅夫斯克從帝俄時代，就是新蘇聯及其前身國家在遠東的主要都市。在這個世紀前半的某段時期，這個地位被海參崴奪走，不過在第三次世界大戰之後的新蘇聯，哈巴羅夫斯克擔負起東方首都的職責。

如果是關於日本或大亞聯盟的情報，海參崴那邊可能比較快。不過新蘇聯收集的國際最新情報，待在哈巴羅夫斯克比較容易取得。

貝佐布拉佐夫關注的不只是日本。

說起來，一開始將達也視為威脅，洽談合作除掉這個威脅的人，是USNA的艾德華．克拉克。USNA內部對於除掉司波達也分裂成贊成與反對兩派勢力，但是貝佐布拉佐夫確信克拉克不可能就這麼靜觀其變。

貝佐布拉佐夫不是待在海參崴而是待在哈巴羅夫斯克，目的是搶先得知日本與USNA的動向。所以他能在七月二十六日當天捕捉到這項情報，從新蘇聯情報部的實力來看或許理所當然。

（克拉克前去拉攏米吉爾．迪亞斯了嗎？）

看來艾德華．克拉克陷入絕境了。這是貝佐布拉佐夫內心最初的感想。

（不出動自己國家的戰略級魔法師，居然選擇欠巴西一份人情……）

安吉．希利鄔斯現在銷聲匿跡，貝佐布拉佐夫已經掌握這個情報。

除了希利鄔斯，USNA還擁有兩名國家公認戰略級魔法師，但是這兩人——艾里歐特．米勒與羅蘭．巴特是戰略要衝阿拉斯加基地與直布羅陀基地的王牌，不能輕易出動。

然而無法認定USNA的戰略級魔法師只有這三人。肯定有數名非公認的戰略級魔法師，說不定暗藏十人以上。

（因為某些原因不能出動他們嗎……不，應該不會准許出動吧。）

或許在USNA，主張不該和司波達也敵對的勢力占了上風。

（——總之，這種事一點都不重要。）

貝佐布拉佐夫至此中斷思考。克拉克或ＵＳＮＡ國內的隱情，對他來說真的一點都不重要。

（這是機會。）

貝佐布拉佐夫的目的是抹殺達也。為了克服達也刻在他內心的屈辱，無論如何都得這麼做。

（對日本領土發動奇襲，對於ＵＳＮＡ來說是不小的賭局。只准成功不准失敗。應該會投入相當的兵力吧。）

（克拉克的軍事才能是未知數，但是應該會有專家輔佐，不太可能輕易被擊退。）

（即使是司波達也，在遭受奇襲的時候肯定也沒餘力注意其他地方。）

（趁著他和奇襲部隊交戰的時候，我要將水霧炸彈從那個男人的頭頂打下去。）

貝佐布拉佐夫決定將克拉克連同達也一起埋葬。

對付達也的謀略，在日本國內也蠢蠢欲動。

「——佐伯少將，這樣有點強硬吧？」

「參謀長，為什麼？」

七月二十六日將近傍晚，陸軍一〇一旅司令官佐伯少將拜訪陸軍總司令部和參謀長面談。

「整座巳燒島都是私人土地，卻是屬於關東州的日本領土。國防軍駐留在島上防衛不是理所當然嗎？」

「問題就在於那裡是私人土地。在沒有危機進逼的狀況，不能未經地主許可就派駐國防軍。妳應該理解這種程度的道理吧。」

「那座島在月初才受到非正規部隊的攻擊，應該充分符合緊急事態的條件才對。」

佐伯不肯退讓，大友參謀長嘆了口氣。

「當時那裡沒等我們出擊，就以自己的守備隊擊退敵人吧？以月初的襲擊為理由要求他們答應部隊駐留，應該不是容易的事情吧？」

大友並不是站在四葉家那邊。他心情上贊成佐伯的提案。國土遭受外國勢力攻擊，由民間戰力擊退。國防軍沒有出場的分，身為武官的他肯定不是滋味。

不過除了作戰時期，很難在私人土地派駐部隊，這是實際上的問題。

如果對方是普通市民，在政治層面或許找得到方法，但是巳燒島的實質地主是「那個」四葉家。該家族內部沒有政治家，也沒有重量級議員當他們的有力靠山，但即使沒有這種事實，四葉家也無疑在政界擁有強大的影響力。

而且還經由「非官方業務」和國防軍建立合作關係。

身為參謀長的大友知道，就算看他們不順眼，也不能惹他們不高興。

「參謀長閣下，這正是問題所在。在民主主義國家，肯定不能承認這種不遵守文人統治的私人戰力。義勇軍始終只能是暫時性的戰力。」

但是佐伯的判斷看來和大友不同。

「少將想要求四葉家解除武裝嗎？」

對於刻意要在火中取栗的佐伯，大友暗藏「妳當真？」的意圖這麼問。

「參謀長閣下，為了維護民主主義的原則，這是必經之路。」

佐伯以堅定的眼神看著大友回應。

【2】

七月二十七日星期六。達也從巳燒島醫院出院了。

剛好在一週前，海巡隊的警備艦撞上他搭乘的船，達也身受重傷，至今一直住院療傷——對外來說是如此。

雖然事實不是這樣，但達也這次假裝住院是要製造不在場證明，所以直到最後都不能鬆懈。即使將局外人全都趕出醫院，他依然特地從前一天晚上和床上的替身人偶（使用生物材料的精緻成品）對調，從早晨起床離開醫院的這一幕開始，徹底作戲到這種程度。

「哥哥，恭喜您出院。」

深雪抱著花束在醫院的門廳等他。不用說，深雪當然知道達也住院是假的，不過遞出花束時的滿面笑容，與其說是徹底做好偽裝工作，不如說是對於達也出院——對於自己可以不必在乎他人目光陪在哥哥身旁感到由衷的喜悅。

「深雪，謝謝。」

達也笑著接過花束。這張笑容帶著「真拿妳沒辦法……」的意思，但與其說是苦笑，更透露他對深雪的深刻愛情。

莉娜也陪在深雪身旁前來，但她只在今天沒嘆息或露出傻眼表情。

「達也，恭喜你。這麼一來你終於可以『自由行動』了。」

「是啊。抱歉這段時間讓妳『覺得不自由』呢。」

「這是沒辦法的。畢竟不能扔著『傷患』不管啊。」

莉娜這番話是偽裝所需，然而並非完全不是真的。等到達也出院，莉娜也預定展開新行動。

達也出院的消息，在當天渡海傳到本島。

非相關人員禁止進入醫院，卻沒禁止進入這座島。島上的恆星爐設施主要是當成魔法用在非軍事領域的範例，該設施的成功最好廣為宣傳到全世界。和媒體斷絕往來並非達也所樂見。

說起來，達也上演這齣出院戲碼，是要將這一週的不在場證明深植國防軍與USNA內心。必須讓那些偽裝成記者的諜報員或是協助諜報組織的記者確實回報雇主，否則這齣戲就白演了。

——司波達也出院的情報，貝佐布拉佐夫當天就在哈巴羅夫斯克收到，克拉克則是晚一天在開往夏威夷的運輸機上收到。

巳燒島還是魔法師重刑犯監獄時期的管理人員居住設施，如今也繼續當成四葉家人員專用的宿舍來使用。莉娜藏身在這座島的時候，也是住在以前監所管理員使用的宿舍大樓。赴任成為巳燒島新管理者的新發田勝成，也和未婚妻堤琴鳴住在這棟八層樓建築的一樓——雖然本家建議他們住七樓，但勝成比起門面更重視緊急狀況發生時的應對速度。

至於頂樓的八樓，則是新準備了真夜造訪這座島時的專用住處，以及深雪與達也當成第二個家使用的住家。

「達也大人、深雪大人，歡迎回來。」

「我回來了。」

「水波，我回來了。」

「莉娜大人，歡迎蒞臨。」

「打擾了，水波。」

在這間第二住家等待達也他們的，是達也三天前帶回來的水波。

她就這麼重新回來擔任達也與深雪的侍女。剛開始深雪建議水波最好在醫院接受詳細檢查，不過水波強烈希望當天復職，最後是深雪讓步。

達也沒介入兩人的爭論。

雖然沒插嘴，但是水波和光宣共同行動這段期間的事，達也與深雪都沒過問。

偶爾看得見水波一時衝動想要自白，但每次都由深雪改變話題，或是由達也吩咐她去做一些麻煩的工作，避免提及這段逃亡過程。

達也、深雪與水波三人，表面上回復為一如往常的生活。

「我決定要在明天過去。」

四人共進午餐完畢享用茶水時，莉娜向達也這麼說。

「按照預定計畫是吧。收到。」

正如達也的回應，莉娜從前天就計畫要在隔天七月二十八日前往收容卡諾普斯的核子動力潛水航母「維吉尼亞號」。

「出發時間是？」

「我打算在天亮前出發。」

「我知道了。我們這邊也做好準備吧。四點到地下港口可以嗎？」

巳燒島地下有一座通往海底的港口。達也前往西北夏威夷群島的時候也是從那裡出發。

「……我還是過意不去。畢竟連推進裝甲都幫我準備好了，我一個人也沒關係的。」

莉娜表現出客氣的態度，是因為達也要以飛行車送她一程。

達也的計畫是以飛行車送她到「維吉尼亞號」的會合點上空，穿著美軍飛行戰鬥服「推進裝甲」複製品的莉娜再跳到海裡轉乘。

「這麼做也是基於這邊的考量。」

如達也所說，並不是單純基於親切心態送她這一程。推進裝甲或可動裝甲這種小型物體同樣會被軍事衛星的監視網捕捉。衛星鏡頭應該拍不到莉娜在海中轉乘「維吉尼亞號」的光景，不過從巳燒島起飛的魔法師跳進西太平洋正中央的身影要是被衛星看見，達也和「維吉尼亞號」的合作關係可能會曝光。使用具備高度隱形功能的飛行車是為了保守祕密。

「不能為參議院的懷亞特議員添麻煩。所以莉娜不必擔憂這件事。」

「也對……那我就恭敬不如從命吧。」

莉娜也理解祕密行動的必要性。她以正經表情點點頭。

◇　◇　◇

二十七日下午。四葉本家在下午茶時間迎接黑羽貢來訪。

「所以貢先生，你想當面報告的是什麼事？」

「或許使用通訊就好，不過我偶爾也想直接瞻仰您美麗尊貴的容顏。」

對於真夜的詢問，貢表面上露出惶恐表情說著開場白。

「這種的就免了。」

可惜真夜的反應很冷淡。

貢判斷風向不對，改為正經態度。

「陸軍的倉知少尉昨天通知一件事。」

「倉知小姐？記得是任職於陸軍參謀部的孩子吧？」

「是的。雖然是去年剛任職的菜鳥，不過長官好像很欣賞她。」

兩人話題所說的倉知少尉，是黑羽家經由防衛大學送進國防軍的女軍官。一進去就分派到參謀部可說是特例，不過她從小就被黑羽家與四葉家進行菁英教育培養為情報員，想到她具備這種基礎，或許就沒什麼好奇怪的。

「她通知什麼事？」

「佐伯少將來面會大友參謀長，主張應該派駐軍方部隊到巳燒島。」

「原來如此……看來佐伯閣下想要那座島。」

貢以笑容同意真夜的推測。

「大概是想以守備隊駐留為藉口，將已燒島連同島上設施接收吧。」

貢的笑容是對佐伯的嘲笑。

「當時使用的理由是不能承認正規軍以外的兵力，不過真心話應該是功勞被『平民』搶走，內心不是滋味吧。」

「貢先生，不該說這種話。不遵守文人統治的常設兵力不被容許存在，這『以藉口來說』是正確的。」

規勸貢的真夜臉上，也露出壞心眼的微笑。

「——只不過，平民也有自衛的權利。」

真夜補充這句話，優雅將茶杯送到嘴邊。

「所以，您意下如何？」

貢收起微笑，以嚴肅語氣詢問，真夜稍微睜大雙眼。

「哎呀，真難得。和達也相關的事件，貢先生居然展現這種幹勁。」

真夜的反應不是消遣，是真的感到意外，貢對此稍微板起臉。

「恆星爐事業已經不是他一個人所有。這個計畫要是成功，會為四葉家帶來莫大的利益。任何妨礙都應該排除，沒有私情介入的餘地。」

「說得也是。對方是國防軍，現在不是起內鬨的時候。貢先生理解這一點真的是太好了。」

真夜的唇上依然掛著淺淺的笑容，但她的雙眼卻像是提醒或叮囑般射出強烈光芒。

貢如同要逃離真夜的視線，維持坐姿低頭表示理解。

「那件事，進展到什麼程度了？」

真夜詢問依然低著頭的貢。

「證據已經齊全，隨時都可以進行。」

貢抬起頭，以透露自信的表情回答真夜的問題。

「那麼下週在蘇我閣下有空的時候前去拜會吧。葉山先生，方便幫忙詢問閣下的行程嗎？」

這裡的「蘇我閣下」是國防陸軍總司令官蘇我上將。在真夜斜後方待命的葉山回應「遵命，屬下立刻調查」，從後方的門離開房間。

◇　◇　◇

二十八日凌晨三點三十分。

「莉娜大人，早安。」

「咦？什……什麼？」

在七樓的自用房間（這裡說的「房間」是大樓或公寓住家的意思）就寢的莉娜，在睡得香甜的時候突然被搭話彈起身體，差點順勢摔下床。

莉娜在床邊穩住身體，揉著惺忪睡眼抬頭一看，身穿黑色短袖連身裙加白色圍裙的水波，以一絲不苟的姿勢站在那裡。

「……水波，這是我的房間。」

莉娜以暗藏責備的聲音說。

「我知道。」

但是水波不改泰然自若的態度。

「妳為什麼在我的房間？」

莉娜的聲音加入不耐煩的情緒。此時她發現自己雙手用力握著小小的鬧鐘。看向數位時鐘的鐘面，莉娜睜大雙眼。

「而且才三點半啊！」

「是的。這是您指示的時間。」

「指示……？」

莉娜疑惑蹙眉。經過整整三秒，她「啊！」大叫一聲。

「您說鬧鐘可能叫不醒您，所以將鑰匙託付給我，要我在三點三十分過來看看，還說如果您

「對喔……」

莉娜不好意思地臉紅，承認水波的主張。

昨晚，和深雪他們共進晚餐的席上，莉娜確實如此拜託水波。但她始終只當成不時之需。STARS的任務也常常在深夜或天亮前出擊。莉娜在這種日子起床時不曾由他人協助。在去年冬季的「吸血鬼事件」，輔佐她的希兒薇雅准尉說她「愛賴床」，但她實際上只在沒預定出任務的那一天睡懶覺。

她今天原本也自信可以自己起床，所以完全忘記昨晚拜託水波叫她。

「……謝謝妳叫我起床。我立刻準備。」

「要幫忙嗎？」

「謝謝。但是不用了。不提這個，可以幫我向達也道歉說會晚一點點嗎？」

「遵命。」

水波恭敬鞠躬之後離開寢室。

莉娜將鬧鐘放在邊桌，雙手像是要夾住自己臉頰般拍了拍，注入幹勁之後起身。

凌晨四點十五分。

穿上推進裝甲（複製品）的莉娜，比約定時間晚十五分鐘抵達地下港口一看，不只達也，深雪與水波也在等她。

水波的服裝和剛才叫莉娜起床時一樣是侍女風格，深雪身穿清涼的夏季洋裝。

「……深雪，妳特地來送我？」

莉娜之所以沒向水波道謝也沒向達也道歉，是因為被深雪奪走目光。雪紡材質的連身裙，下半身是偏保守的中庸裙，上半身卻是裸露雙肩的細肩帶背心領，非常嫵媚。

今天早上的深雪，醞釀出超越少女範疇的魅力——不對，「醞釀」這種形容方式或許還嫌保守過度。她讓這個地下空間充盈了成人與少女都擁有的女人香。

「哎呀，莉娜，不是喔。」

深雪有點意外般給予否定的回應，莉娜心想「我也這麼認為」暗自同意。

（反正是來送達也吧。）

雖然莉娜沒自覺，但她內心這句話是以鬧彆扭的語氣說出來的。

「不只是送行，我也會隨行到半路。」

「咦？」

前一秒的誤解，將莉娜的驚訝增幅。

「深雪也要搭飛行車？」

「飛行車的飛行系統與隱形系統是各自獨立的功能。深雪分擔隱形系統能讓隱身更完美，我也可以專心駕駛。」

從莉娜這個問題背後的情感來看，達也的回答沒說到重點。但如果回答得正中紅心，剛才誤會深雪行動的莉娜應該會陷入尷尬吧。或許達也是故意錯開論點。

「那麼，我們走吧。」

無論他是基於何種意圖，總之出發前沒額外產生惡質的混亂。

在水波目送之下，載著達也、深雪與莉娜三人的飛行車衝進海中。天亮前的海裡一片漆黑，如字面所述伸手不見五指。達也沒開車燈，以車頭朝後的形式加速向前。

飛行車在水中也是以重力控制魔法推進。將車體承受的地球重力方向改成行進方向，拉著車子前進。如果是在空氣中，車內幾乎是自由落體狀態，就像在人造衛星裡一樣感覺不到重力，但是在不能無視於水阻力的水中，乘客必定會意識到重力不斷將自己朝著行進方向牽引。

達也將飛行車倒著開，是覺得朝行進方向產生的G力不要以安全帶承受，改為以椅背吸收，對於深雪她們來說應該會比較輕鬆。

這麼做確實對身體的負擔較少。如果車頭向前，會感受到像是車子頻頻煞車的G力。在倒過來前進的現在，體重沒壓在座椅的椅面，只有背部持續傳來輕微加壓的感覺。

行駛不到十分鐘，莉娜就不確定自己現在的姿勢了。慣性中和的魔法在車身與車內運作，窗外一片漆黑。也無從得知正朝著哪裡前進。

甚至不知道自己在陰暗的車內是浮著還是坐著，不知道正在前進還是後退，處於這種不確定的狀態。獨自坐在後座的莉娜，內心被逐漸增強的不安壓迫。

「欸，達也，不開車燈沒關係嗎？」

莉娜終於承受不住壓力，朝駕駛座的達也搭話。

「別開比較好。在海中沒什麼用，只會增加被發現的風險。」

「可是如果撞到海底山或鯨魚什麼的很危險吧？」

「以這個深度不會在這片海域撞到海底山。而且我不開燈也能『看見』車外的狀況。」

「……這是怎樣，簡直作弊。」

莉娜莫名幼稚地發牢騷。

深雪嘴角綻放笑容，從副駕駛座轉身朝向莉娜。

「莉娜，難道妳在怕？」

「我……我可沒怕！」

深雪的語氣不是在消遣，但莉娜臉紅立刻回嘴。

「……只是看不到外面的模樣，所以有點不安。」

莉娜的音調迅速變低，大概是覺得這時候賭氣等同於承認深雪的說法。雖然這麼說，她也沒能完全擺出撲克臉，有點害羞地補充這段話。

「不知道敵人躲在哪裡，類似這種感覺嗎？」

「對，就是這樣。」

「畢竟莉娜是美軍的少校閣下。我不懂這種感覺。」

深雪以不知道是認真還是開玩笑的語氣輕聲說完，看向達也。

「哥哥。我也可以理解莉娜的心情。是不是差不多該升空了？」

「也對。雖然比預定早一點，不過就上浮吧。」

達也若無其事點頭回應。

「你說比預定早一點。可是離巳燒島還不夠遠，這樣沒問題嗎？」

對深雪這個要求感到不安的，是剛才打開話匣子的莉娜。

「快到日本海溝了。偽裝到這裡應該夠了吧。」

「日本海溝……明明才經過三十分鐘左右吧？」

達也告知的現在位置引得莉娜驚叫。

「到底開到多快啊？」

「最快是時速四百公里吧。」

「你說時速四百公里……也就是在水中超過兩百節？」

莉娜的叫聲響遍密閉的飛行車內。

深雪不悅板起臉，但達也心平氣和，連眉頭都不皺一下。

「這種程度不必大驚小怪吧。上個世紀的超空泡魚雷也創下兩百節的記錄。這艘飛行車和國防軍的可動裝甲或你們的推進裝甲一樣，會在周圍形成空氣繭減輕飛行時的阻力。這種空氣繭在水中會發揮等同於超空泡的效果。」

「……是這樣嗎？」

「否定現實也沒有意義。」

雖然莉娜看起來沒完全接受，但她也沒有繼續詢問或反駁。

飛行車的車身朝上，浮到海面。至今倒過來潛航的飛行車轉為行進方向，並且從水平大幅改成仰角姿勢，但是莉娜與深雪都沒感受到這個變化。她們認知車子以超過四十五度的仰角爬升，是在車子離開海面的瞬間。

已燒島東方兩百公里的海域剛迎接日出。朝陽燦爛的海面，讓兩人得知自己搭乘的飛行車現在是什麼姿勢。

飛行車「倒栽蔥」朝著殘留些許夜色的天空「墜落」——從車外看起來是以仰角六十度爬升

的狀態，不過「正在墜落」是深雪與莉娜千真萬確的實感。

「深雪，麻煩控制隱形系統。」

「好……好的！」

出神看著景色的深雪，連忙回應達也的指示。電磁波迷彩魔法的控制權由達也轉移給深雪。只釋放和外部氣溫相同波長的紅外線與單色可視光，完全不會反射其他電磁波的魔法屏幕。交出這個偽裝魔法的達也，將力量集中在飛行魔法。

飛行車眨眼之間達到時速一千公里。

和核子動力潛水航母「維吉尼亞號」的會合點，位於日本東方一千公里、水深兩百公里的海中。「維吉尼亞號」應該是從昨晚就在該處海中等候。

但他們是否真的在約定的位置等待，以一般的手段無從得知。

包括先前協助達也襲擊中途島監獄以及珍珠與赫密士環礁基地，「維吉尼亞號」進行的這一連串行動都不是基於正式命令。知道該艦現在位置的人，也僅限於太平洋艦隊司令部的少數人。現狀絕對不會發出可能被監聽的訊號或通訊。

但這始終只是「以一般的手段無從得知」。距離一百公里遠的時候，達也的「眼」就已經捕捉到核子潛水航母的位置。

「莉娜，到了。」

達也將飛行車停在「維吉尼亞號」正上方海拔十公尺的上空，轉身對莉娜這麼說。

「知道怎麼進去吧？」

潛艦通常沒設想過船員會在水中進出。不過，搭載了表面上禁止搭載之核子反應爐的潛艦，為了增加隱密度而設置能在水中使用的出入口。

「沒問題。雖然我第一次搭乘維吉尼亞號，但我搭乘過同型艦。」

達也對莉娜的回應點點頭，打開後座車門。

「達也，各方面很謝謝你。我如果做了什麼決定再跟你連絡。」

莉娜輕輕揮手，縱身跳向十公尺下方的海面。

◇◇◇

核子潛水航母「維吉尼亞號」的主動聲納，捕捉到莉娜跳入海中的聲音。

「準時到只有一分鐘內的誤差啊。看來日本人在時間這方面真的一絲不苟。」

接到聲納員報告的麥可·柯蒂斯艦長輕聲說。語氣難以分辨是佩服還是傻眼。

「負責人員去進行貴賓登艦的準備。好久沒使用水中艙門了，別出錯導致進水啊。」

在「是，艦長」的回應聲傳來時，一名壯年軍官進入這裡——也就是作戰情報中心(CIC)。這名軍官就這麼走向艦長席。

「艦長。」

「卡諾普斯少校。『自稱希利鄔斯少校的少女』看來即將抵達。她只要筆直向下潛就好，所以肯定不會迷路。」

柯蒂斯艦長搶先般告知。

卡諾普斯現在出現在此處的理由，只可能和莉娜有關。

「這樣啊。」

卡諾普斯如同證明這一點般附和。

「既然這樣，我也想去迎接她。」

不只如此，也說出他來到CIC的用意。

「好。我准。」

如果莉娜和卡諾普斯聯手作亂，這艘巨大潛艦也會輕易沉沒。卡諾普斯對於莉娜來說可以成為人質，反之亦然。考慮到潛艦的安全，不應該輕易讓兩人會合，但是柯蒂斯完全沒抱持這種擔憂，爽快答應卡諾普斯的要求。

卡諾普斯——班哲明・洛茲對於麥可・柯蒂斯來說是姨婆的孫子，在上流階級之間，這樣的

血緣關係不算太遠。而且這份工作來自家族大老——參議院議員懷亞特．柯蒂斯的強烈要求，如今完全沒有懷疑卡諾普斯的理由。

「艦長，謝謝您。」

卡諾普斯敬禮致謝，柯蒂斯就這麼坐著答禮。

◇◇◇

放莉娜下車之後踏上歸途的飛行車內，是達也與深雪單獨相處的密室。

即使是沒人妨礙的空中約會場面，深雪看起來依然悶悶不樂。

「深雪，怎麼了？」

達也察覺深雪似乎有某些事情難以啟齒，所以主動搭話。

「想問什麼事情嗎？這裡只有我們兩人，不必擔心別人聽到。」

再度詢問之後，深雪稍微遲疑地開口。正因為是絕對不必擔心外人聽到的狀況，所以深雪猶豫是否要向達也商量她內心暗藏的不安種子。

「是關於水波的事。」

「嗯。」

達也出聲附和，語氣像是早就猜到話題和水波有關。

「哥哥，您是否對水波使用過閘門監控的魔法……應該沒有吧？」

魔法式從魔法師的精神投射到目標事象時經過的通道叫做「閘門」。「閘門監控」是監視這道閘門，在發現魔法式通過的下一瞬間破壞該魔法式，讓魔法技能失效的技術。

「沒使用。閘門監控使用在水波的症狀沒意義。」

如前面所述，「閘門監控」這個魔法是將完成的魔法式在發動過程破壞，不是針對建構魔法式的魔法演算領域限制其活動。對於威脅水波身心的「魔法演算領域過熱」沒有防止效果。

「為什麼問這個問題？」

「因為……」

「因為從水波身上感覺不到魔法力？」

迷惘掠過深雪雙眼。

達也代替支支吾吾的深雪說出答案。

深雪看著達也的雙眼睜大。

「所以不是我多心吧？」

「不是多心。水波行使魔法的能力完全被封鎖。知覺功能姑且還在的樣子……不過這部分或許也大幅受限。」

「連知覺都……是光宣他做了什麼嗎？」

深雪以充滿不安的表情問。

無須重新確認，就知道她在害怕什麼。

「『目前』沒能發現寄生物的痕跡。」

達也之所以露出難過表情，是因為自己無法完全去除深雪的不安而感到丟臉。

「我也沒發現。不過關於寄生物……」

「……主動成為寄生物而且保持自我的光宣，擁有的寄生物相關知識與訣竅比我們多得多。說到那傢伙是否不經本人同意就讓寄生物附著在水波身上，我不這麼認為，不對，是不想這麼認為，但是無法否定他可能使用我們不知道的寄生物相關技術，阻止水波的魔法演算領域活化。」

「哥哥的『眼』也看不出來嗎？」

「說來遺憾，我的『精靈之眼』無法深及精神領域。」

「說得也是……恕我失禮了。」

達也的「視力」無法認知靈子情報體的構造，深雪也很清楚這一點。不過既然是魔法，在干涉精神的時候都是經由想子情報體進行。達也經由「觀看」也可以辨識精神干涉系魔法，進行分析與分解。

所以深雪認為即使是光宣的「魔法」，以達也的能力或許也能看穿。

「不，我很清楚妳的心情。我也一樣擔心水波的狀態。」

「究竟該怎麼做……」

深雪掛著消沉表情低下頭。旁人看了也知道她正絞盡腦汁思考解決之道。在深雪這麼做的時候，作用於飛行車的隱形魔法依然穩定維持運作，她的本領堪稱了得。

這個狀態持續約五分鐘後，深雪口中發出「對了……」的低語。

「如果是八雲老師，他會知道光宣做了什麼嗎？」

「說得也是……拜託師父看看吧。」

四葉家也有精神干涉系魔法的專家。不對，從家系淵源來看，在十師族之中，四葉家旗下的精神干涉系魔法師人數最多，水準也最高。

但是兩人在這時候沒提到津久葉家之類的名字，證明他們比起四葉家更信任八雲，應該說他們至今依然沒完全信任四葉家。

從海面筆直朝海底前進的莉娜，沒迷路就抵達「維吉尼亞號」——她只在軍事方面不會犯下太多失誤。

莉娜抓住潛艦上方露出的天線尖端，和艦內建立有線通訊。

「維吉尼亞號，這裡是特殊作戰軍魔法師部隊STARS的安吉・希利鄔斯少校，請准許登艦。」

一反莉娜的預測，艦內立刻傳來回應。

『這裡是太平洋艦隊維吉尼亞號艦長麥可・柯蒂斯。准許貴官登艦。請以真面目進入。』

由艦長親自回話出乎她的預料，要求解除偽裝魔法的指示也令她感到意外。

『因為安吉・希利鄔斯不可能在這種地方。不用擔心，我已經告知船員，來到這裡的是自稱STARS總隊長的四葉家特務。』

但她聽艦長說明理由就接受了。

「收到。」

莉娜放開天線中斷連結，繞到艦身後方。

她從後方魚雷發射管改造而成的水中出入口進入。

「班！幸好你沒事……！」

莉娜通過形成氣閘的雙重艙門，在迎接的隊列發現卡諾普斯，沒向船員敬禮也沒脫下頭盔就不禁大喊。

「莉娜，妳也是。」

卡諾普斯沒以「總隊長」稱呼，是因為遵守艦長所說的「設定」。之所以講得毫無突兀感，當然是因為演技精湛（大人們平常總是配合狀況飾演不同的自己），不過主要原因在於卡諾普斯已經習慣不把莉娜當成「隊長」，而是當成十幾歲的少女對待。

卡諾普斯有一個比莉娜小兩歲的女兒。或許因為這樣，所以莉娜身為「天狼星」接下暗殺任務而苦惱時，他無法置之不理，各方面都很照顧莉娜。

莉娜在心理的某些層面也依賴這樣的卡諾普斯。她特別關心卡諾普斯的境遇就是這個原因。守護這場感動（？）重逢的核潛船員不知道這種隱情，但他們的眼神是善意的眼神。

察覺到周圍投過來的溫馨視線，莉娜後知後覺般端正姿勢，以只有打開頭盔護目鏡的狀態敬禮。得到船員答禮之後，她脫下頭盔。

塞入頭盔的長髮如流水般滑下，船員之間傳出感嘆的吐氣聲。雖然統稱為金髮，但莉娜這樣接近純金光輝的頭髮也很罕見。以閃亮金髮襯托的臉蛋也是稀世美貌。光是沒聽到口哨聲就證明艦上紀律嚴明吧。

對於莉娜來說——不是對於安吉・希利鄔斯，是對於安潔莉娜・希爾茲來說，她已經習慣船員們的反應。她看起來沒有特別在意，向卡諾普斯提出「我想拜會艦長」的要求。

「莉娜，請跟我來。」

卡諾普斯以不會過於客氣的語氣回應，帶領莉娜走向ＣＩＣ。

莉娜見過艦長之後，如今在一間不像是在潛艦裡的氣派房間和卡諾普斯面對面。柯蒂斯艦長將自己的房間出借給兩人。

艦長室不只是書桌與床，甚至備齊沙發組。在卡諾普斯的邀請之下，莉娜坐在三人座沙發的右端。

「班，我離開之後發生的事情，請你告訴我。」

等待卡諾普斯坐在正對面之後，莉娜這麼問。

「總隊長逃脫之後，我也立刻被送進中途島，所以沒辦法說得太詳細……」

卡諾普斯以此做為開場白，說明自己被送進中途島監獄的原委。

「……卡佩拉少校沒屈服於寄生物是吧？」

STARS第五隊隊長諾亞．卡佩拉少校。在STARS恆星級魔法師之中最為年長，軍歷也最資深。據說STARS總部基地司令渥卡上校也不能忽視卡佩拉的發言，先不提權限，在影響力方面是勝過莉娜與卡諾普斯的隊員。卡佩拉沒加入寄生物陣營的情報，使得莉娜鬆了口氣。

「卡佩拉少校是中立的，並不是站在我們這邊喔。」

「光是沒成為敵人就夠了。其他隊長的態度是什麼感覺？」

STARS在總隊長底下分成十二隊。各隊隊長並非以專制形式統治，不過隊長的立場比制度上的指揮權更強烈左右部隊的行動。

「我想哈迪應該說明過了……」

卡諾普斯提到的「哈迪」是他擔任隊長的第一隊隊員拉爾夫・哈迪・瑪法克少尉。寄生物在STARS總部基地造反時，瑪法克少尉協助莉娜脫逃並且送她到阿爾伯克基機場，後來斷絕音信。

「第三隊艾克圖魯斯上尉、第六隊瑞傑爾上尉、第十一隊安塔列斯少校都化為寄生物。第四隊的貝格上尉恐怕也成為寄生物了。」

「我在日本見過夏兒——貝格上尉。她和迪尼布少尉、雷谷魯斯中尉都被四葉家的魔法師擊斃，依附他們三人的寄生物主體也被封印了。」

「這樣啊。四葉的魔法師……」

卡諾普斯停頓話語思考。

大概是對於四葉家的戰鬥力抱持戒心吧。莉娜看著他消沉的表情心想。

卡諾普斯閉口沉默的時間不長。

「……我被移送到中途島監獄的時間點，明確站在寄生物那邊的部隊長是這四人。接下來是我的推測，現在狀況應該也沒變化。包含部隊長在內的恆星級隊員，我認為應該不會又有人化為寄生物。不過，無法否定寄生物可能在衛星級或STARDUST之中增殖。」

「說得也是。先不提衛星級隊員，STARDUST化為寄生物之後，或許可以因而延長生命……

如果他們基於這個願望成為寄生物，我不會責備他們。」

莉娜看著下方哀傷低語之後，以重整心態的表情將視線移回卡諾普斯。

「——總之，留在總部基地的恆星級寄生物只有第六隊嗎？」

對於莉娜這句話，卡諾普斯以眼神要求說明。

「我問過四葉家……不，現在隱瞞也沒用。我問過達也，包括艾克圖魯斯上尉、安塔列斯少校以及薩爾格斯中尉，達也說他都已經擊斃了。」

艾克圖魯斯是達也先後於月初在運輸機上、上旬在高尾山上空和其幽體交戰過的對手，正確來說不是將他殺掉，是將他封印。

安塔列斯少校與薩爾格斯中尉，是達也前幾天前往珍珠與赫密士環礁的途中，在驅逐艦「瑟瓦利耶號」甲板上和達也交戰，被他的「幽體消散」消滅。

「妳說的達也，是質能轉換魔法的戰略級魔法師司波達也嗎？」

「是的。」

「帶我離開中途島的也是那個人吧？」

達也在中途島監獄沒向卡諾普斯報上姓名，也沒露臉。不過達也去年冬天也成為STARS的目標，卡諾普斯確實將達也的情報留在記憶裡，因而察覺助他逃獄的魔法師身分。

「嗯。」

點頭肯定的莉娜，在這時候沒有深入思考達也當時為何隱瞞身分。或許她甚至沒想到達也當時蒙面的可能性。

莉娜完全沒自覺做出輕率的舉動，立刻換了新的話題。

「雖然不知道斯琵卡中尉的消息，但是應該不必在意她吧。」

──不對，是回到原本的話題。

「貝格上尉攻擊巳燒島的時候，斯琵卡中尉也在同一艘船上。」

「妳說的巳燒島，是收容總隊長的四葉家據點吧？」

對於卡諾普斯這個問題，莉娜回答「是的」點點頭。

「斯琵卡中尉生性重情義。為貝格上尉與迪尼布少尉報仇之前，她應該不會回到總部。」

「說得也是。她確實有這一面。」

卡諾普斯贊同莉娜的推測。

「……總隊長打算回到總部基地嗎？」

而且進一步從莉娜這番話詢問她今後的計畫。

「我是這麼打算的。我可不願意一直被人認為我到處逃竄，而且班，你也不甘心背負逃獄犯的汙名吧？」

「……說得也是。」

卡諾普斯雙眼隱藏好戰的光芒。莉娜沒有挑釁卡諾普斯的意圖，不過從結果來看，她的回答似乎在卡諾普斯的內心點火了。

「而且STARS不能繼續放任寄生物為所欲為。幸好達也幫忙打倒棘手的寄生物了，我認為現在是將他們的影響力一掃而空的好機會。班，請助我一臂之力。」

「那當然，總隊長。」

卡諾普斯用力點頭回應莉娜的請求。

達也的超知覺力名為「精靈之眼」，卻不是透視或千里眼那樣捕捉影像的能力。「精靈之眼」這種能力是認知包含視覺情報的所有物理性質情報，以及由想子情報體建構的魔法性質情報。雖然無法讀取內心想法，但只要是發出聲音的話語，就可以像是直接聆聽話中意義般理解。

這種能力無關於物理距離。造成魔法阻礙的不是物理性質的距離，是情報性質的距離。只要實際感受到對方的位置情報並且掌握——不是抽象的數字羅列，是能認知到確實位於該處或實際感受到位於該處，就能毫無問題行使魔法。

「精靈之眼」會將所有物理與魔法性質的情報，以勝於五感體驗的形式，更加確實地提供給使用者。其中也包含搜尋對象的位置情報。藉由讀取位置情報認知對方實際存在，藉由實際感受對方存在而確定位置情報，這種說法感覺像是某種循環定義，不過實際上這兩種認知並非同時成立。

達也以觀測記錄完畢的個體情報（從外部識別該對象的情報）為線索取得位置情報，接著以「眼」看向該座標發現個體情報，確定「對方就在該處」的事實。他的「精靈之眼」並非萬能，無法光靠名稱就確定該目標的位置。此外，要是如同「扮裝行列」在情報體層級偽裝位置情報，就無法取得「眼」應該注視的正確座標，在確定位置的步驟失敗。

在這次的例子，對方是達也熟悉的人物，也預先決定連絡時間，所以達也幾乎沒受到魔法性質的妨礙就順利將她納入「視野」。

日本時間七月二十八日下午四點。

「莉娜，聽得到嗎？」

達也在巳燒島的自己房間朝著半空中搭話。

（達也，訊號很清晰。）

莉娜在太平洋海中的核子潛水航母「維吉尼亞號」回應，她的話語化為意義注入達也意識。

莉娜接收到的達也聲音，是達也以魔法重現而成。達也以振動系魔法振動莉娜耳邊的空氣，將自己的聲音傳達給她。之所以像是自言自語實際發出聲音，是因為與其以魔法從頭合成聲音，拿實際震動空氣的聲音來複製比較簡單。然後達也再以「精靈之眼」讀取莉娜的回應。

兩人就像這樣，在巳燒島與封鎖通訊的「維吉尼亞號」艦內成功進行意識的交流。

「和卡諾普斯少校好好談過了嗎？」

（談過了，達也。艦長也很照顧我……都是多虧你的協助。真的謝謝你。）

「柯蒂斯艦長對妳的態度不是我的功績。所以妳今後的方針是？」

（關於這個……）

莉娜支支吾吾。達也的超知覺能力，連這種細部差別都當成情報忠實傳達。

「決定回國了嗎？」

（呃，嗯。我還是想回去一趟。維持現在不穩定的立場，我覺得也會造成你們的困擾。）

「不會造成困擾，但如果妳認為應該這麼做，那妳這麼做會比較好吧。」

（謝謝你，達也。等我整理完身邊的事，我再主動連絡你。方便也幫我轉告深雪嗎？）

「知道了，我幫妳轉告。那麼，保重了。」

達也送出這段訊息之後切斷連結。

◇◇◇

「嗯，你也保……咦，已經切斷了？」

和達也的這段對話，是藉由達也技能的單向連線。不像通訊機具備易懂的顯示器。不過隱約感覺到投向自己的視線已經遠離。莉娜判斷達也解除了連結此處與巳燒島的魔法。

「……你該不會還在偷看吧？」

莉娜試著刻意發出聲音低語。

達也沒回話抗議。

「……達也這個妹控。」

戰戰兢兢呢喃的這句話，同樣沒收到反應。

（看來沒錯。）

莉娜這次確定連結真的已經中斷，解除緊張心情。達也使用的「精靈之眼」性質，莉娜並不是很清楚，只知道是包含視覺與聽覺，極度高階的遠距離感知。

剛才肯定也不只是接收聲音。意識到被人單方面觀看，會極度費心勞神。即使不是莉娜，任何人大概都會這樣吧。在莉娜這樣的年紀，觀看她的對象又是異性，狀況肯定變本加厲。

或許達也一直在監視，只是沒有做出反應。莉娜察覺這個可能性，但她決定不多想。只要沒意識到被人觀看，就不會因為緊張而消耗精神。不過必須經常對自己說「別擔心，達也看起來那樣卻是紳士」這種話。

她從椅子起身，躺到床上。這時間就寢還有點早，不過這裡是柯蒂斯艦長安排的高級軍官個人房。稍微懶散一點也沒人責備。

莉娜就這麼躺著，不用雙手就脫掉鞋子，就這麼像是踢飛般將鞋子扔到地上。在樓上住著深雪的那棟大樓，即使知道沒人在看，莉娜也不知為何不敢這麼邋遢。

莉娜完全放鬆肩膀，盡情思考今後的事情。

（首先得洗刷班背負的冤罪……）

莉娜從卡諾普斯口中得知，當初發監到中途島的時候曾經說定，只要他這一年安分聽話，就會從服役記錄抹消這個汙點。

但是卡諾普斯已經逃獄。而且對於討好寄生物的沃卡，莉娜無法完全信賴。她認為假設卡諾普斯真的乖乖服刑一年，也不一定會無罪獲釋。

（柯蒂斯參議院議員肯定會提供助力就是了。）

卡諾普斯這次逃獄，是他的舅公（祖母的弟弟）懷亞特・柯蒂斯參議院議員委託達也的。再怎麼說也不可能在救出來之後扔著不管。

卡諾普斯挽回名譽，也符合懷亞特・柯蒂斯的目的。逼使參謀總部屈服，應該可以協助他誇示政治力。只是問題在於以莉娜的立場，不知道柯蒂斯參議院議員是否也會站在莉娜這邊。說不定這位參議院議員不會認可莉娜的願望。

（……走一步算一步吧。）

（無論是脅迫還是籠絡，我都絕對不會回應。）

（即使別人說我任性，說我蠻橫，我也要堅持下去。）

（因為我已經決定要「回去」了。）

像是要抓住什麼般朝天花板伸手的莉娜，腦中浮現深雪與達也的臉龐。

結束和莉娜的連絡之後，達也立刻催促坐在不遠處的深雪，一起站在兼用為視訊電話收像機的牆面螢幕前。

撥打的號碼是四葉本家。出現在畫面的葉山回應達也的要求，立刻改由真夜通話。

『達也日安。』

先搭話的是真夜。時間才剛過四點。說「日安」應該比「晚安」恰當。

不過達也這邊不必煩惱這種事。

「姨母大人，打擾了。現在方便借用您一些時間嗎？」

『沒問題，畢竟是照計畫進行。是關於莉娜的事吧？她和卡諾普斯少校順利會合了嗎？』

「是的，她本人是這麼說的。」

送莉娜到「維吉尼亞號」的行程，當然也已經事先知會真夜。剛才和莉娜通話，以及現在向真夜報告結果，都是預先排定的計畫。後者也已經徵得莉娜的同意。

『所以，莉娜小姐說她接下來要怎麼做？』

「她說要回國整理周邊的事情。」

『這樣啊。』

聽到達也的報告，真夜沒露出意外表情。

深雪也一樣。她從達也剛才和莉娜交談的話語大致理解內容，但她即使知道莉娜要直接回國也沒有驚慌的樣子。

兩人——包含達也是三人，應該早就猜到莉娜會選擇回國吧。

『話說達也，需要派人代替莉娜小姐嗎？』

真夜這句話是詢問是否要派人護衛深雪。真夜知道水波已經無法擔任守護者。莉娜直到昨天都代替水波擔任深雪的同性護衛。

「不，不需要。」

達也立刻回答。他拒絕追加護衛，不知道是顧慮到水波的心情，是覺得立刻派人代替的話對於莉娜很無情，或者是基於其他理由。

真夜在鏡頭另一側瞇細雙眼，像是要確認他的真意。

『……我知道了。覺得需要的話隨時告訴我。』

「非常感謝您的費心。」

『除此之外還要說什麼事嗎？』

「不，沒有。」

『這樣啊。達也，今天辛苦你了。』

聽到真夜的慰勞，達也低頭致意。

他抬起頭的時候，螢幕已經變黑。

◇◇◇

夏威夷州歐胡島，當地時間七月二十八日上午九點。日本時間七月二十九日凌晨四點。

從巴西搭乘直達班機抵達火奴魯魯的艾德華・克拉克，親自前往珍珠港海軍基地。

克拉克極度焦急。原因在於他在飛往火奴魯魯的機上收到司波達也出院的消息。並不是因為達也痊癒而受到打擊。克拉克從一開始就確信達也住院是偽裝。出院代表再也不需要偽裝。換句話說就是已經做好反擊準備吧……克拉克陷入這種焦慮。

從理論上來思考，克拉克懷抱的焦慮毫無根據。他主導的狄俄涅計畫完全失勢，如今世界關心的是可望獲得更具體利益的恆星爐計畫。

假設依照狄俄涅計畫開始開發金星，應該也已經無法強迫達也參加了。因為狄俄涅計畫沒有達也一樣可以實行，但是恆星爐計畫拿掉達也就無法成立。

換句話說客觀來看，克拉克已經不會對達也構成威脅——只要他什麼都不做。

克拉克的焦慮或許來自他不肯認輸。正因為看見對方致勝的一步棋，才會急於放手一搏想顛覆棋局吧。

而且珍珠港這裡肯定準備了反敗為勝的一步棋。克拉克想儘快親眼確認。對於長程旅途奔波勞累的他來說，幸好機場與基地幾乎相鄰，不必穿插休息時間也不會成為負擔。

大概是五角大廈那邊已經說好了，克拉克立刻得以進入基地。不只如此，他現在受邀來到最新銳艦船的中樞。

「歡迎您，博士。」

從指揮官座位起身的女性軍官如此稱呼克拉克。

「我是這艘兩棲突擊艦『鬪島號』的艦長安妮・馬奎斯上校。」

看到馬奎斯上校舉手敬禮，克拉克恭敬鞠躬回應。

「初次見面，馬奎斯艦長。我是國家科學局的艾德華・克拉克。本次請多指教。」

克拉克想要向前握手，卻在踏出第一步之前停止。女艦長在這個時代也很稀奇。老實說，克拉克不知道該怎麼應對馬奎斯。

克拉克的這種態度，馬奎斯大概司空見慣吧。她看起來絲毫不在意，邀請克拉克坐在正對面的座位之後，重新坐回指揮官座位。

「事不宜遲，博士。作戰總部直接命令我儘可能滿足您的意願。出動目的也是向您請教。」

馬奎斯朝克拉克投以犀利視線如此開場。

「作戰總部跳過艦隊司令部直接對艦長下令是特例。博士，您想要本艦做什麼？」

克拉克以「排除巨大的威脅」這句話回答馬奎斯的問題。

光是這樣，艦長當然不可能接受。

「麻煩講得再具體一點。首先，目的地是哪裡？」

看來馬奎斯是沉得住氣的個性。她維持平靜語氣這麼問。

「……目的地是東京南南東方約一八〇公里，當地稱為『巳燒島』的島嶼。」

克拉克略顯猶豫，最後還是老實回答。他原本擔心馬奎斯艦長一聽到要攻擊同盟國領土就放棄任務，卻立刻察覺反正在出港的時間點就必須告知目的地。

「──那麼，博士說的『威脅』是司波達也嗎？」

馬奎斯沒花太多時間就得出正確答案，原因在於她從媒體報導得知克拉克對達也的執著。表面上的態度是為了開發金星而尋求必需的人材，不過擁有軍事視角的人都看透克拉克意圖將達也納入USNA的管制。

隱藏的目的被說中，克拉克瞬間繃緊表情。但他展露驚慌的時間不到一秒。

「司波達也是前年十月底，在朝鮮半島南端造成大量破壞的質能轉換魔法使用者。」

馬奎斯艦長睜大雙眼。這次輪到她展現吃驚神情。她沒有「質量爆散」相關的情報。

「質能轉換魔法……『灼熱萬聖節』的？這是正確的情報嗎？」

「正確。而且日本政府無法控制司波達也。那個人的存在在政治層面不穩定，過於危險。等他實際化為威脅就太遲了，必須趁現在除之而後快。」

克拉克的執著化為火熱漆黑的情感火焰吞噬馬奎斯。

「……我知道博士的想法了。」

馬奎斯艦長像是受到震懾般點頭。

「可是既然這樣，別找本艦這種兩棲突擊艦，具備長程攻擊能力的飛彈艦或是具備對地飽和攻擊力的砲擊艦比較好吧？」

艦長說的砲擊艦是在上次大戰（第三次世界大戰）出現，以電磁彈射砲為主武裝的戰艦。電磁彈射砲是將軌道砲增大，比起射速更重視連射性能的艦載兵器。以速射砲的連射速度發射大型炸彈，主要是針對地面的靜止目標進行飽和攻擊。

如艦長所說，既然目的不是鎮壓據點，而是破壞與抹殺，以登陸作戰為主要任務的兩棲突擊艦，應該不如飛彈艦或砲擊艦適任——前提在於對方是普通對手。

「很可能無法以轟炸解決。必須確實抹殺。」

「是這種程度的對手嗎……」

馬奎斯艦長以陷入戰慄的表情低語。

「登陸成員由這邊準備。請艦長完成準備以便隨時能出港。」

「知道了。我會作好準備，在明天正午就能出港。」

馬奎斯沒有進一步詢問或反駁。

[3]

七月二十九日，星期一。

夏威夷這裡逐步進行準備，預定攻擊伊豆群島的巳燒島，新蘇聯也趁機暗中部署戰力，要同時對日本與USNA進行打擊。

但是危機還沒浮上檯面。達也也還沒察覺USNA與新蘇聯的「玩火」行動。

這天，他久違地從早上就在第二個家的自己房間放鬆身心。

達也知道，這只是極為短暫的「和平」。

雖然帶回水波，但光宣下落不明。

狄俄涅計畫已經不構成危害，幕後黑手艾德華．克拉克卻依然健在。

一度重創擊退的貝佐布拉佐夫，應該也不會善罷甘休。

因為知道決戰時刻將在不久之後來臨，所以達也認為能休息的時候就要休息。

只不過旁人看見現在的達也，肯定會吐槽「你明明沒在休息」。他面前的桌子擺著編輯啟動式用的工作站終端機與大型螢幕。房內雖然播放BGM，他的手指卻不斷在鍵盤上移動。因應終

將來臨的決戰，達也正在著手開發新魔法。

與其說是開始開發，不如說繼續開發。使用的基礎是貝佐布拉佐夫在「水霧炸彈」使用的「連鎖演算」。透過吉祥寺真紅郎交給一条將輝的戰略級魔法「海爆」，達也在開發該魔法的同時也在製作另一個大規模魔法的啟動式。為了帶回被光宣抓走的水波導致這份工作中斷，如今達也重新著手進行。

只不過，雖然在他人眼中可能是工作，但是對於達也來說始終是有效活用閒暇時間。所以如果要處理其他事情，他可以立刻中斷。

『……哥哥，方便的話，可以稍微借用您一點時間嗎？』

例如只要深雪像這樣提出要求……

「可以喔。」

達也會毫不猶豫以她為優先。

『不好意思，可以勞煩您來我房間一趟嗎……』

「知道了。我現在過去。」

他朝著內線通話機如此回應，儲存工作結果之後從椅子起身。

與達也的房間隔著一間雙床雙人房寢室，深雪的房間位於深處。雖然也可以穿越寢室過去，但達也先來到走廊再輕敲深雪房間的門。

「請進。」

隨著深雪的回應，房門向外開啟。

回應的是深雪，開門的卻是身穿短袖上衣短褲再加一件圍裙的水波。

深雪在房內幾乎正中央的位置，嬌羞臉紅迎接達也——她站在照出全身的大鏡子前面，身上只穿令人誤認是內衣的純白比基尼。

「…………」

達也從退後一步的水波身旁經過，迅速進入房間，就這麼反手向後關門。占地面積一四〇平方公尺，4LDK的這間第二個家只有他們三人。達也雖然知道這一點，卻覺得必須立刻關門。

「那個，胸罩尺寸變得不合……我想買新的內衣，順便也換新的泳裝。」

達也以疑惑眼神看過來，深雪視線游移，像是辯解般說明。

「——這樣啊。」

達也雖然沒露出狼狽的樣子，卻只說得出這句回應。

「所以，那個……方便為我挑選嗎？」

「……知道了。」

達也臉色沒變。但是表情的微妙變化，顯示他也並非和害臊無緣。

水波走到達也面前，遞出ＡＲ眼鏡。至此達也總算知道深雪為何穿成那樣。

擺在深雪前方，比她自己還大的鏡子。那不是普通鏡子，是也具備鏡子功能的ＡＲ顯示器。客人的影像在鏡子裡和商品重疊顯示，當成虛擬試衣間使用。

交給達也的ＡＲ眼鏡，可以從不同於鏡型顯示器的角度合成試穿的模樣。ＡＲ顯示器映出的是照鏡子的模樣，相對的，ＡＲ眼鏡是以真實的視野，將真正看見的模樣投射給使用者。

既然是白色比基尼，重疊的影像顏色與形狀就不會走樣。雖然無法提供穿起來的感覺，但如果只是外表，即使沒有實際商品也可以盡情試穿。這是服飾品牌為了網購通路開發的最新工具。

「那個……水波，可以請妳開始嗎？」

「遵命。」

水波回應深雪依然有點害羞的聲音，操作八吋大的觸控板。

變化立刻來臨。映在鏡子裡的深雪穿著開高衩的連身泳裝。

達也的視野也透過ＡＲ眼鏡映出同樣的深雪外型。白底配上大大的南國花朵，設計上略為成熟的泳裝。雖然這麼說，卻完全沒有早熟的感覺，對於最近魅力與日俱增的深雪來說甚至稍微搭不上。

深雪當場緩緩轉圈。

「……您意下如何？」

剛好轉一圈正對AR顯示器之後，深雪只將頭轉過來詢問達也。

「我想想……」

達也正要據實說出內心浮現的感想時，不經意注意到另一件事。

「不，等一下。」

「嗯……？」

達也突然發出嚴肅的聲音，深雪一副不明就裡的樣子。

「水波。」

「是。」

突然被叫到的水波，也露出和深雪類似的表情。

達也提出更令水波為難的問題。

「現在使用的型錄是線上資料嗎？」

「嗯，是的……」

用來試穿的AR檔案也可以下載，但是幾乎沒人這麼做。原因不只是傳輸量，合成的AR影像若要和實際試穿一樣完美，需要龐大的演算資源，一般家庭難以確保這種資源。

試穿者的身體輪廓因人而異。而且試穿的時候並非靜止不動，會為了確認看起來的樣子而擺出各種姿勢。這些動作也是有多少人就有多少版本。如果不將這種細部差異樣板化，而是每次都

重新計算，即使是這個時代的電腦也絕非易事。

因此這個系統的使用者，幾乎都是交給伺服器端即時合成影像，再透過網路顯示在螢幕上。

深雪她們也沒特別猶豫就使用線上檔案。

「暫時中斷連線。下載型錄之後變更為離線模式。」

基於上述說明，所以達也的命令使得水波為難不已。

「……可是下載應該會花很多時間啊？」

「這是提供給一般消費者的服務吧？以這棟大樓的網路速度不會花太多時間。」

這棟大樓是四葉家的司令塔之一，具備的資訊基礎建設匹敵軍事設施。既然平均水準的家用網路就能即時閱覽合成影像，那麼即使源頭的資料總量多四個零，也可以在短時間內下載完成。

「遵命。」

水波向達也行禮表示理解之意，然後立刻著手下載試穿用的型錄。

「哥哥，對不起。」

另一方面，回復為白色比基尼外型的深雪，走到達也身旁低下頭。

「可能利用在生物辨識的身體資料，我卻准許在網路連線傳輸……以我的立場太冒失了。」

對於達也的中止命令，深雪解釋為這是四葉家下任當家應當遵守的保全措施，出言道歉。

但是聽到她這番話，達也露出略感意外的表情。

「不對，不只是這個原因……」

嘴裡說「不只是這個原因」，聽起來卻像是基於另一個更主要的原因。

「？」

深雪以疑惑眼神看向達也。

「雖說AR影像合成是自動處理程序，但是無法保證營運公司的人不會閱覽伺服器儲存的資料。」

「……說得也是。雖然在使用規約說明不會被別人看見，但是不能忽略資料挪用的可能性。哥哥是擔心資料遭到濫用吧？」

「這也是原因。但我更不希望妳的模樣被來路不明的男人看見。我應該會很不高興。」

即使是關於自己的事，達也的語氣依然缺乏確信。

深雪不知道該如何解釋這段話而為難。

此時水波以公式化的語氣插嘴。

「達也大人、深雪大人，資料下載以及離線設定都完成了。」

而且像是感到意外般如此補充。

「這麼說或許很失禮，但屬下嚇了一跳。原來達也大人也有獨占的慾望。」

聽水波這麼說，達也不禁睜大雙眼。

然後露出像是「恍然大悟」的表情。

「原來如此……這就是獨占的慾望嗎？這就是……獨占慾嗎……」

在感慨低語的達也面前，深雪連耳朵都染得紅通通地低下頭。

雙手交疊在胸口中央的她，臉上以發自內心的喜悅笑容點綴。

【4】

夏威夷州歐胡島，當地時間七月二十九日正午。日本時間七月三十日上午七點。

兩棲突擊艦「關島號」載著艾德華・克拉克、巴西國家公認戰略級魔法師米吉爾・迪亞斯、其弟弟安東尼奧・迪亞斯以及許多寄生物，和隨行的兩艘驅逐艦一起出港前往日本。

日本軍的情報部掌握到「關島號」的出港行動。卻沒取得以克拉克為首的新增船員情報。也完全不知道他們的攻擊目標是日本。這個時候的日本軍認為「關島號」的目的應該是例行的航海訓練。

◇　◇　◇

相對於這樣的日本軍，新蘇聯情報部查出艾德華・克拉克與米吉爾・迪亞斯已經搭乘兩棲突擊艦「關島號」。情報部只是掌握這件事實，但是停留在哈巴羅夫斯克的貝佐布拉佐夫從這份情報正確推測出「關島號」的目的是抹殺司波達也。

雖然面對達也慘遭敗北，也不損貝佐布拉佐夫在新蘇聯的權威。即使是個人推測，他的話語也具備出動軍隊的影響力。

哈巴羅夫斯克的東西伯利亞軍司令部聽從貝佐布拉佐夫的「建言」，派最新銳的飛彈潛艦「庫圖佐夫號」從堪察加半島出港，配備在比羅比詹基地的超高音速飛彈也著手準備發射。兩者的目標都是日本的巳燒島。

就像這樣，關於巳燒島奇襲作戰，貝佐布拉佐夫的手腕比起日本軍不在話下，比起艾德華・克拉克也略勝一籌。但是憑著貝佐布拉佐夫的智慧也無從推測，美國本土正在發生一件從根基撼動對日戰略的事件。

◇◇◇

USNA聯邦軍參謀總部直屬魔法師部隊STARS的總部基地，位於新墨西哥州羅斯維爾的郊外——題外話，這裡並不是以「羅斯維爾事件」聞名的前渥卡空軍基地。

於新墨西哥州當地時間七月二十九日下午五點，即日本時間七月三十日上午七點，一架小型VTOL抵達STARS總部基地。

這架飛機的身分確實是聯邦軍所有，卻沒有預先告知來訪突然降落，基地職員顯得相當張皇

在非值勤時間進行非預定勤務的地面指揮員（跑道引導員）與維修員們懷抱不滿與不安，包圍這架甚至沒告知目的就降落的小型機。

在眾人的視線中，一名壯年軍官走下小型機。

後勤人員之間產生一陣騷動。

接著從機內現身的年輕女性，使得騷動變成喧囂。

兩人是基地職員非常熟悉的人物。

首先下機的高瘦男性是STARS第一隊隊長——班哲明．卡諾普斯少校。

第二名紅髮戴面具的女性是STARS總隊長——安吉．希利郿斯少校。

「是本人嗎？」後勤人員壓低音量議論紛紛。

但是在他們之間擴散的失序騷動，因為第三人現身而驟然止息。

這名老紳士，即使對政治興趣缺缺的年輕人也聽過他的名字，是鼎鼎大名的重量級政治家。軍方所屬人員即使不是軍官，只要不認識他就不是鬧著玩的。他是號稱ＣＩＡ幕後長官的參議院議員懷亞特．柯蒂斯。

卡諾普斯與變身為安吉．希利郿斯的莉娜，一抵達基地就得以立刻見到渥卡司令。原因在於懷亞特．柯蒂斯的強烈要求。

在司令官室，莉娜隔著辦公桌和渥卡面對面。

渥卡身後是他的副官，莉娜身後是卡諾普斯與柯蒂斯。渥卡原本表示要在別的房間款待柯蒂斯，但是柯蒂斯拒絕了，而是找人搬來一張舒適的椅子自行坐下。

「希利鄔斯少校，輔佐巴藍斯上校的任務完成了嗎？」

莉娜金色雙眸射出光芒默默敬禮，渥卡簡短答禮之後這麼問。

莉娜逃亡到日本的時候，是以「協助巴藍斯的業務工作」為名義，免於背負脫逃的嫌疑。渥卡這麼問是基於這個名義的一種挖苦。

「關於這次的回國，下官也獲得巴藍斯上校的許可。」

莉娜以制式化的語氣帶過他的挖苦。這句話暗示不只是參議院議員柯蒂斯，巴藍斯上校也站在她這邊。

「所以，有什麼事？想必不是單純的歸隊報告。」

渥卡看向莉娜身後等候的柯蒂斯議員，催促莉娜進入正題。他仗著軍階使用高壓口吻，但是莉娜沒畏縮也沒猶豫，立刻回應。

「渥卡上校，您身為基地司令處於鎮壓叛亂的立場，同時在事後和反叛者共謀，以莫須有的罪名處罰了卡諾普斯少校對吧？此外，貝格上尉與艾克圖魯斯上尉等人非法攻擊同盟國的時候，

「一派胡言。」

渥卡不屑般這麼說，以更加高壓——反倒應該說像是威脅的視線瞪向莉娜。

「希利鄔斯少校，貴官嚴重涉嫌和日本魔法師串通，貝格上尉等人才會採取行動。將她與艾克圖魯斯上尉視為反叛分子，是要掩飾貴官自己的內應行為嗎？」

「那麼就請內部監察局判斷誰的說法正確吧。」

「慢著，這……」

對於莉娜的反駁，渥卡明顯畏縮。內部監察局是在上次大戰後成立，取締聯邦軍內部非法行為的部門。巴藍斯上校擔任該部門的第二把交椅。

反叛或內應屬於軍事法庭管轄，不過負責檢察工作的是內部監察局，會在查問委員會成立之後進行指揮。莉娜要求由內部監察局裁定本次案件，基於聯邦軍的制度並沒有錯。不過巴藍斯明顯會站在莉娜這邊，在這種狀況，渥卡即使沒做虧心事，也難免想避免內部監察局涉入。

「進入司法程序之前，要不要徵詢參謀總部的意見？」

渥卡語塞時，參議院議員柯蒂斯（在形式上）出面打圓場。

「參議院議員閣下，您的意見非常中肯。我明天一大早就連絡看看吧。」

渥卡以藏不住安心的表情接受這個提案——不對，是正要接受。

「不必等到明天。」

但是事態沒能按照渥卡的意思進行。

「可是閣下，五角大廈已經將近下午七點了。」

「上校，不必擔心這件事。我已經透過長官請參謀總部的人員留在職場。」

柯蒂斯隨口駁回渥卡催促改變主意的這句話，指示卡諾普斯和參謀總部建立通訊。

卡諾普斯立刻執行這道指示。他推開渥卡的副官（卡諾普斯的軍階在他之上）開啟視訊電話的直通線路。

大型螢幕中，統合參謀總部議長、副議長與陸軍參謀總長已經等候多時。

出乎意料的陣容使得渥卡說不出話。

莉娜趁機先發制人。

「議長閣下，抱歉在您百忙之中打擾。我是安吉．希利鄔斯少校。」

『希利鄔斯少校，大致的情形已經聽巴藍斯上校說過，但我想重新聽妳親口說明。』

「是！」

聽到參謀總部議長這麼說，莉娜準備開始陳述。

「議長閣下，請稍候！」

回神的渥卡打斷對話。

『渥卡上校，晚點再聽你的主張。先從希利鄔斯少校開始。』

但是在陸軍參謀總長的規勸之下，渥卡不得不讓步。

『希利鄔斯少校。』

在總部議長重新催促之下，莉娜說明渥卡在這場寄生物隊員反叛事件的相關罪狀。

即使身為基地司令應該鎮壓反叛分子，卻反而和寄生物聯手想圖個方便。

抵抗寄生物的卡諾普斯被冠上莫須有的罪名，和厄格魯少尉、肖拉少尉關進中途島監獄。

將STARS據為己有，派遣化為寄生物的隊員前往日本與西北夏威夷群島。

莉娜尤其強調，卡諾普斯被判處的徒刑完全是不白之冤，應該要回復他的名譽。

陸軍參謀總長不悅板著臉聆聽莉娜的告發，然後詢問渥卡：『要反駁嗎？』

渥卡當然主張自己清白。

『關於艾克圖魯斯上尉、貝格上尉、雷谷魯斯中尉、斯琵卡中尉與迪尼布少尉的出動，參謀總部沒有批准的記錄。這是怎麼回事？』

但是副議長如此指摘。

『關於卡諾普斯少校的處分，好像只召開簡易軍事法庭……這案件需要這麼急嗎？』

參謀總長進而如此質詢，渥卡無法給予能讓兩人接受的答覆。他遭受的追問不只如此。巴藍斯上校在柯蒂斯參議院議員的授意之下，已經將足以判斷渥卡「有罪」的材料提供給參謀總部。

『渥卡上校。很可惜，你這些主張的說服力不足以駁回希利鄔斯少校的告發。』

總部議長嘆口氣之後告知結論。

『上校。從現在起解除你的STARS總部基地司令官職務。此外明天正午去內部監察局報到。』

「——遵命。」

渥卡挺直背脊如此回應，肯定是基於最起碼的骨氣與矜持。

三名幹部對他的灑脫態度滿意點頭。然後畫面上的總部議長看向莉娜身後站立的卡諾普斯。

『卡諾普斯少校。我以參謀總部的權限取消你被判處的徒刑。我在此宣布少校的名譽在這一刻回復。』

「謝謝議長閣下。」

議長向朝卡諾普斯點點頭，視線移向莉娜。

『希利鄔斯少校。在正式決定接任人選之前，希望貴官兼任總隊長與基地司令官，妳意下如何？』

「議長閣下，恕下官冒昧，下官的經驗不足以勝任基地司令。」

『自己申告經驗不足嗎……真灑脫。』

議長深感興趣般低語，副議長接著詢問莉娜。

『希利鄔斯少校。那妳認為誰適合代理基地司令？』

「STARS以外的人事，下官認為自己不應該插嘴。」

總部基地司令官依照軍方組織來看不屬於STARS。莉娜是按照規則如此回答。

『少校說得很中肯，不過畢竟是緊急人事案，不必考慮得那麼嚴肅。別客氣，說說貴官的看法吧。』

「是，下官恭敬不如從命提出建言。從經驗以及接受過專業軍官教育這兩點來看，下官認為基地司令官適合由卡諾普斯少校代理。」

莉娜的推薦聽在卡諾普斯耳裡十分唐突。但是對於參謀總部的幹部來說似乎不奇怪，反倒覺得是妥當的意見。無視於難掩驚訝的卡諾普斯，總部議長等三人在畫面另一頭湊近打耳語。

『採用希利鄔斯少校的意見吧。』

不過這個決定不只是因為莉娜的推薦，默默坐在舒適椅子旁觀的柯蒂斯參議院議員想必也是一大要素。

『在此任命卡諾普斯少校代理基地司令官一職。』

證據就是議長指名卡諾普斯的時候，不是看向站著的卡諾普斯，而是坐在一旁的柯蒂斯。

『卡諾普斯少校，正式人事令會在後天公布，不過在就任為司令官代理的同時，要請貴官解除第一隊隊長的職務。這邊同時也會頒發符合代理司令官一職的軍階。』

聽到要解除第一隊隊長的職務時，卡諾普斯想要出言反駁，但是陸軍參謀總長接在統合參謀總部議長後面發言的速度比較快。

『貴官至今的軍階，都顧慮到總隊長希利鄔斯少校而刻意壓低。但是如果公正評定貴官的實績與能力，早就應該晉升為上校。這是矯正這種扭曲人事案的好機會。你就認定不久之後將會拿掉「代理」這兩個字吧。』

「……是。謝謝您，閣下。下官謹遵任命。」

卡諾普斯擺出立正姿勢。

議長、副議長與參謀總長點頭回應，結束通訊。

莉娜與柯蒂斯祝賀卡諾普斯就任基地司令官代理以及內定晉升上校，反觀渥卡帶著副官離開司令官室。

莉娜與卡諾普斯都沒阻止。

「班，請坐在司令官席。」

莉娜沒留下渥卡，而是催促卡諾普斯坐在司令官的辦公座位。在卡諾普斯猶豫時，懷亞特．柯蒂斯催他說「司令官的位子空著才是問題」。

卡諾普斯屈服於這份壓力，坐在渥卡剛才使用的椅子上。

「安吉・希利鄔斯」滿意點頭，卸下面具。

紅髮變回金髮，金色眼睛變回亮麗的藍色。

身高變矮，體格變得嬌細，安吉・希利鄔斯消失之後，安潔莉娜・庫都・希爾茲回復為原本的樣貌。

「班，值得紀念的第一份工作卻是這種東西，我覺得過意不去。」

莉娜露出有點落寞的笑容。

這副模樣令卡諾普斯出現不好的預感。

「總隊長閣下……？」

「基地司令官代理閣下，請收下這個。」

莉娜從懷裡取出信封遞給卡諾普斯。上面寫著「退役申請書」。

「總隊長閣下，這是……？」

慌張的只有卡諾普斯。柯蒂斯似乎已經預先知情。

「本次反叛是寄生物單方面造成的，但是我的存在也確實成為導火線。我不適合擔任STARS的總隊長。」

「所以您要負起責任辭職嗎？」

「以上所說的是藉口。」

「……啊？」

看到卡諾普斯目瞪口呆的表情，莉娜忍不住輕聲一笑。

「我在十二歲的時候成為STARS的正規隊員。接受軍方延攬進入訓練所是更早兩年的事。」

反觀卡諾普斯完全笑不出來。

「從進入訓練所算起，我對軍隊以外的世界一無所知，就這麼過了八年左右。」

聽著莉娜平穩述說的話語，卡諾普斯逐漸繃緊表情。

「除了去年冬天那三個月。」

那三個月是莉娜之前在日本度過的日子。卡諾普斯無須聽她說明就能理解。

「班，獵殺逃兵與魔法師重刑犯至今，我累了。其實我不想『處分』罪犯。當時我被迫察覺到這一點。」

「莉娜……」

卡諾普斯不是以「總隊長閣下」，而是以暱稱稱呼莉娜。

「再度前往日本之後，我再也無法欺騙自己了。所以我想讓灌輸『無謂知識』的『那兩人』負起責任。」

「…………」

「我知道這樣不負責任，不過請當成小女孩的任性原諒我吧。」

「……離開聯邦軍之後，妳打算怎麼做？」

如此詢問的卡諾普斯，確信莉娜應該是打算「回到」日本。

戰略級魔法師外流到別國。

站在肩負軍務的立場，原本實在不能允許這種事。

不過卡諾普斯沒有責備或阻止莉娜的意思。

「我想在日本盡情享受所剩不多的高中生活。」

對於卡諾普斯的詢問，莉娜以天真爛漫的真心笑容回答。

「……不錯喔。這樣很好。莉娜，請讓我祈禱，願妳迎接能夠由衷感到快樂的每一天。」

卡諾普斯隨著這份由衷的祝福，收下「安吉・希利鄔斯的退役申請書」。

——就這樣，艾德華・克拉克的巳燒島侵略作戰，失去了新寄生物戰力的供給來源，也就是失去了STARS與STARDUST的後援。

七月三十日夜晚。在這個時間點，日本政府包括國防軍在內，都還沒察覺兩棲突擊艦「鬪島號」從夏威夷出港的目的。如果認知到威脅正在進逼，或許就不會悠哉地勾心鬥角。

不，這應該是攸關國防的主導權爭奪戰，但已經避免使用可能引發嚴重暗鬥的強硬手段吧。只是實際上，在巳燒島派駐守備隊的程序，沒得到擁有島嶼的民間公司許可就持續進行。

佐伯少將主導的這個行動，在國防軍內部也傾向於視為問題。「沒進行法律層面的措施，只以行政手續就由軍方強制使用私人土地是否妥當」的議論；「在八平方公里的小島配備地面部隊是否具備實效性」的疑問；「陸軍將官居然主導島嶼防衛」的反彈；以及「和島嶼真正擁有者四葉家對立」感到的恐懼。

但是這些反對意見都被強壓下來，巳燒島的守備隊駐留計畫即將實施。具體來說已經選定駐留部隊，預定在八月一日以先斬後奏的形式，通知名義上擁有該島嶼的企業。

在一切準備就緒的這個時間點，四葉家展開反擊。

二〇九七年七月三十日晚上七點。

國防陸軍總司令官蘇我大將只帶著護衛與秘書官等兩人，像是避人耳目般造訪東京某間會員制俱樂部。雖然蘇我不知道，但這間俱樂部是大約兩週前促成達也和懷亞特・柯蒂斯見面的店。

「閣下，感謝您在百忙之中抽空前來。」

如同沿襲兩週前的做法，蘇我等人被帶進包廂時，迎接他們的是四葉家的葉山管家。

「好久不見，閣下。很榮幸再次見到您。」

但是和當時不同，真夜在葉山背後等待。

「我才要說，本日感謝您的招待。」

對於真夜的問候，蘇我上將表面上以和藹笑容回應。

但他內心充滿警戒感。派部隊進駐四葉家私有土地巳燒島是由佐伯少將主導，在這件事成為佐伯後盾的是大友參謀長。蘇我沒有積極表明意見。

沒贊成，卻也沒反對。

不過關於陸軍的部隊部署，最終負責的是陸軍總司令官蘇我。即使採取消極態度也無法擺脫責任。

說起來，蘇我其實想阻止佐伯的「暴行」。

確實，無法否定守備隊必須進駐不久前遭受國外勢力攻擊的場所。然而這種事應該依照法令進行，他不認為緊急到非得採取逾越法律的措施。

不管怎麼說，四葉家都擁有自行保衛巳燒島的能力。將國土防衛交由民間負責，身為國防軍的幹部內心確實不是滋味。不過重點在於不能容許國外勢力侵略，蘇我認為沒必要不惜招致無謂的摩擦也試著調整現在順利運作的防衛體制。和ＵＳＮＡ同盟關係生變，新蘇聯再度侵略的威脅尚未消失的現在，國防軍沒有餘力玩弄權力鬥爭。

不過他身為陸軍龍頭，一旦有人提出「攸關國防軍的面子」這個論點，他就難以積極反駁。「法律秩序比面子重要」是文官的理論。身為武官幹部，必須避免任何打擊部下士氣的言行。

結果就是蘇我在這件事不得不站在允許的立場。

但他不認為軍方內部的這種邏輯能讓四葉家接受。

即使和真夜共桌，就這麼受邀飲酒享受佳肴，蘇我也在思考如何撐過這個場面。他的注意力只被這件事囚禁。

（乾脆找個名目處罰主謀佐伯，就能以此為理由毀掉這個部署計畫……）

就在蘇我忿恨思考這種事的時候……

「話說閣下，您知道這樣的傳聞嗎？是關於本月上旬，大亞聯盟魔法師呂剛虎非法入境的事情……」

「請問是什麼樣的傳聞？」

蘇我的反問近似於制式化的附和。

「聽在閣下耳裡，或許會讓您不太高興。」

「喔……那我更想請教內容了。因為愈是刺耳的事情愈不該充耳不聞。」

「不愧是蘇我閣下，了不起。」

真夜的稱讚使得蘇我放鬆臉頰。明知面前的女性只要有心就能輕易蹂躪他的生命，不過對方擁有稀世美貌。蘇我即使是掛階上將的陸軍總司令也終究是男人，聽到美女誇獎肯定開心吧。

「這個傳聞的內容是……國防軍某位將軍閣下，事前得知呂剛虎非法入境卻刻意放縱。」

「您說什麼？」

不過，真夜這段話使得蘇我放鬆的表情瞬間消失。如果傳聞屬實，無疑是將官的利敵行為。

「到底是誰做出這種事？」

「這始終是傳聞……即使這樣也無妨嗎？」

「出自您這位四葉家當家之口，不可能完全空穴來風。」

「說得也是……我姑且請家裡的人調查過……」

真夜故意含糊其辭，蘇我露出殺氣騰騰的表情探出上半身。

「請務必告訴我。」

「是佐伯少將閣下。」

真夜這次沒賣關子。

「佐伯她……？」

真夜親口說出如今改為和四葉家敵對的佐伯名字，蘇我一瞬間懷疑：「這是讒言嗎？」但他立刻換個想法認為「正因如此吧」。蘇我心想，正因為是明確表露敵意的對手，四葉家才會調查醜聞當成攻擊材料。

「如我剛才所說，沒有證據。不過如果需要證人，我有人選。」

「——是誰？」

「獨立魔裝大隊的藤林中尉。其實這個『傳聞』就是從中尉那裡聽來的。」

真夜在這時候混入一個謊言。呂剛虎這件事是在得到藤林證實之前掌握到的，只是向她做個確認。不過這種事對於蘇我來說肯定一點都不重要。

「藤林中尉對於佐伯閣下的背信行為深感痛心……在九島閣下葬禮那時候，她因緣際會找我諮詢這件事。」

「原來是這樣啊。」

蘇我也知道真夜參加九島烈的葬禮。這項認知在他心中提升真夜這番話的可信度。

「其實中尉還問了我一件事。」

真夜說著朝背後待命的葉山使眼色。

蘇我的視線也跟著朝向葉山。

「請看這個。」

受到視線的引導，葉山將不知何時拿在手上的大張電子紙遞給蘇我。

蘇我毫不猶豫打開電子紙的電源。

螢幕立刻成像。一看見電子紙顯示的報告書，蘇我表情染上驚愕神色。

「藤林中尉主要找我諮詢的是這件事。對她來說，包括血緣上與工作上，雙方的自家人涉及這種不當行為。或許她實在無法坐視吧。」

真夜以心痛的語氣輕聲說。

這份報告書附上照片為證，告發佐伯少將與九島真言盜用國防軍預算，持續開發寄生人偶的事實。

「這……佐伯少將，為什麼做這種事……」

「應該不是出於私慾，佐伯閣下也是認真想強化國防才這麼做吧。」

「就算這麼說，這種事也不能原諒。」

蘇我重新面向真夜，深深低下頭。

「四葉女士，非常感謝您私底下將這麼重要的事情告訴我。」

「幫得上您的忙就好。」

「這件事要是公諸於世，可能會重創國防軍的權威。所以雖然不能公然處分佐伯，但是本官保證會負責將這件事處理到您滿意為止。」

「好的，交給您了。因為我一開始邀閣下過來就是這麼打算。」

真夜露出溫柔的笑容，眼睛卻釋放「我可不允許不了了之」的壓力。

「我也會中止佐伯想派駐部隊到巳燒島的計畫。」

蘇我連不需要說的事情都說出口，推測是懾於真夜釋放的壓力。

真夜就這麼掛著笑容，將蘇我的失言（派駐守備隊到巳燒島這件事本應是四葉家不知道的祕密計畫）當成耳邊風。

「請您不要責備藤林中尉以及她所屬的部隊。」

「啊？……這是當然的。」

蘇我上將看起來不是在裝傻。

「那我放心了。因為依照世間常理，內部告發總是惹人嫌。」

但他聽完真夜的指摘就露出「原來如此」的表情。

「不過閣下，還得擔心一些事。佐伯閣下是聰明人，我想她應該會猜到是誰說出不利於她的證言。到時候不只是藤林中尉，連她所屬的部隊也會成為佐伯閣下報復的對象吧。」

「不，佐伯怎麼可能做到這種程度……」

蘇我慌張想出言反駁。

「即使您看過佐伯閣下對敝家的所作所為？」

「……！」

然而真夜的追擊令他語塞。

「我有個提案。」

「……說來聽聽吧。」

蘇我露出戒心，催促真夜說下去。

「要不要將獨立魔裝大隊從一〇一旅分離，成為真正意義上的獨立部隊？我們早就對該部隊給予很高的評價。如果獨立魔裝大隊處於更能自由行動的立場，想必能擴大互助合作的領域。」

「這是代表四葉家的意見？還是代表十師族的意見？」

「您要解釋成哪一種都沒問題。」

真夜的立場並非代表十師族，但她回答得毫不猶豫，那張美貌以從容的笑容增色。

「恕我稍微失陪。」

蘇我知會之後，輕聲和秘書官交談。

沒讓真夜等太久。

「──四葉女士這個提案，我想呈報給防衛大臣。」

「抱歉麻煩您了，閣下。」

真夜露出豔麗的笑容微微低頭。

這股妖豔的魅力差點令蘇我神魂顛倒，但他以上將的矜持勉強把持下來。

「……獨立魔裝大隊應該會升格為獨立聯隊吧。不過這件事請在正式決定前保密。」

「那當然，閣下。」

真夜加深蠱惑的笑容，點頭回應蘇我這段話。

◇◇◇

七月三十一日，派駐地面部隊到巳燒島的計畫，進行到只差實際移動部隊的階段突然中止。

不是延期，是完全回到原點。

派駐計畫的主導者佐伯少將立刻試圖捲土重來，但是答應接見她的大友參謀長警告說計畫不可能復活，而且命令她親自指揮「獨立魔裝大隊以外的」一〇一旅出動前往北海道東部。

名目是強化防衛，防範新蘇聯的侵略。

期限未定。

佐伯的強項是長年在總司令部擔任參謀的資歷造就她和中央的寬廣人脈。缺乏前線指揮經驗的她，沒有在當地培養自己派系的技能。

在北海道的國境地帶，她無法發揮身為謀略家的實力。

實際上無限期遠離首都圈的佐伯，在國內的勢力鬥爭徹底失勢，如今只能致力於「國防軍原本的任務」，也就是防備敵人的攻擊。

獨立魔裝大隊則是不同於一〇一旅，受命繼續在霞浦基地開發魔法戰鬥的新戰術。

八月一日。具體的威脅逐漸逼近，日本還沒有任何人（包括政府、軍方甚至十師族）察覺。熱得發昏的午後，打給深雪的這通電話，也是極為和平的內容。

「咦？要舉辦九校戰？自己辦？」

在九校戰問世的魔法（由達也開發，雫使用的「動態空中機雷」）被游擊軍利用為大規模殺戮兵器，九校戰在五月上旬基於這個理由中止今年度的舉辦。後來也接連發生魔法師參與的軍事事件，九校戰未曾檢討要重新舉辦。最近甚至謠傳不只是今年度中止，九校戰也可能從此廢止。

魔法科高中生突然要自行主動舉辦。深雪驚訝也在所難免。

『不像真正的九校戰那麼盛大，是只有祕碑解碼的對抗賽。』

打電話過來的是穗香。她上午前往一高圖書館閱覽升學考試用的參考資料時，社團聯盟總長五十嵐找她商量這件事。

『九校之間完全沒有交流賽很冷清，各校的社團連絡會好像熱烈討論這件事。聽說正在以一高的社團聯盟為中心進行準備。』

「五十嵐同學熱心助人，這件事很像他的作風。」

深雪不是傻眼，而是感到有趣般輕聲一笑。

「可是升學考試沒問題嗎？」

今年沒有九校戰，所以三年級學生據說比往年更用功準備升學考。魔法大學的錄取門檻據說會因而增高。

只是若要這麼說，深雪沒花太多時間準備考試，達也則是完全沒為了升學而念書。總之以深雪的狀況，即使筆試成績不好也肯定能以實技合格，達也已經保證可以獲得魔法大學畢業資格。從這些內情來看，應該不能以這兩人為基準來看其他考生吧。

『現在比起升學考，滿腦子都是交流賽的樣子。』

穗香以置身事外的輕鬆態度評論。

『……他們說選手自費參加應該也辦得成，不過會場的確保以及營運預算令人頭痛。』

不過大概是立刻覺得這樣無情，穗香以「稍微」嚴肅的表情補充這一段。

「這……感覺確實很麻煩。」

九校戰往年是在國防軍的全面協助下舉辦。從會場就是借用軍方演習場設置。

「交流賽預定什麼時候舉辦？」

『熱烈討論想要舉辦九校戰的時間點是七月十號之後，剛擊退新蘇聯的那段時期。大家說想

「……這樣不會有點太急嗎？」

『如果只有祕碑解碼，也可以在週末舉辦……可是想到升學考試就……』

「……也對。應該不會連秋季的論文競賽都中止，而且對於三年級來說，這個暑假或許就是時間極限了。」

『站在學生會的立場，如果能幫上忙就好了……深雪，有沒有什麼好點子？』

聽到穗香這麼問，深雪輕輕發出聲音思考。

「……抱歉，我想不到好點子。等一下好嗎？我去叫達也大人過來。馬上就重新打給妳。」

『不用，我直接等！』

螢幕畫面上的穗香用力搖頭。

「這樣嗎？那我立刻回來。」

深雪說完按下視訊電話的保留鍵。

正如「立刻」這個詞所說，深雪不到一分鐘就帶著達也回到剛才接電話的自用房間。

解除保留狀態。

「穗香，久等了。」

『啊，不。完全，完全不算等！』

穗香不知為何重複兩次「完全」，但她大概沒自覺。

『達也同學抱歉讓你特地跑一趟！』

然後她像是舌頭快打結般，一口氣說完之後低下頭。

揚聲器傳出「叩！」的撞擊聲。

畫面角度突然改變，映出穗香的腳。

接連聽到「哇，哇哇！」這種驚慌失措的聲音，畫面變暗，開始播放保留狀態的旋律。

達也與深雪面面相覷，不難想像剛才發生什麼事，應該是低頭順勢撞到鏡頭吧。深雪房間使用螢幕與鏡頭一體成形的視訊電話，不過在個人用的小型機種，可以自由調整角度的獨立鏡頭款式也相當普及。

視訊電話約十秒後重新回復為通話狀態。

『……真的很抱歉……』

螢幕映出欲哭無淚垂頭喪氣的穗香。

「我聽過說明了。月底舉辦確實很辛苦吧。」

達也認為貿然安慰將成為反效果，立刻進入正題。

「如果時間沒那麼趕，應該也可以募集民間的贊助者，不過考慮到距離舉辦不到一個月，只

能請國防軍協助了吧？」

『國防軍嗎？可是到底要怎麼做……』

順利從自身醜態移開注意力的穗香，露出束手無策的表情詢問。從她的表情來看，穗香他們似乎也做出「只能找軍方協助」的結論，卻想不到具體的方案而碰壁吧。

『他們說已經向從軍的畢業校友們拜託過一輪，但是果然因為時間不夠被婉拒了。』

「畢業校友現狀肯定以戰鬥魔法師的身分準備出動，想協助在校生也沒有自由時間吧。」

雖說暫時逼退新蘇聯的侵略，但該國只失去極少數的海上戰力。輕微到完全比不上大亞聯盟在二〇九五年十月底一次就失去總艦艇三成的打擊。日本和USNA同盟關係生變的現在，監視國境的國防軍實戰部隊肯定以備戰態勢防範新蘇聯再度侵略。

「我想想……已故的九島閣下說他每年都期待九校戰。如果向軍方宣傳部門表明想要舉辦追悼閣下的競技會，他們好歹會協助設置會場吧？」

『原來如此！我覺得這是好點子！』

螢幕上的穗香迅速將身體探過來——不對，實際上只是將臉湊向鏡頭。

穗香洋溢閃亮光芒的雙眼使得達也差點畏縮，但他表面上就這麼維持撲克臉說下去。

「住宿費與交通費只能募款吧。我也試著拜託FLT贊助。」

『知道了。我會這樣轉達五十嵐同學。』

穗香充滿活力點頭之後，突然開始忸忸怩怩。

『那個，達也同學。其實大家後天要去雫的別墅。所以如果不會打擾的話，方便順路去你們那裡一趟嗎……？』

「不會打擾……」

達也答應時，深雪在一旁插話問。

「可是升學考試沒問題嗎？既然妳說『大家』，艾莉卡與雷歐同學也會一起來吧？」

『啊，這部分沒問題。我們不只是去玩，有一半算是因應升學考的集訓。』

「這樣嗎……？那就沒問題。」

深雪大概是暫且接受這個說法，沒有進一步追問。因為深雪退後半步，所以鏡頭自動轉向達也。在穗香面前的螢幕看來，肯定像是她將視線從深雪移向達也吧。

穗香的話語也自然變成是向達也說的。

『那麼，不好意思。後天請容我們搭雫家的飛機叨擾。大概會在剛過中午的時候到。』

「那我這邊請人準備午餐吧。」

『咦，不用啦！雫說過機上會提供便當。』

聽到達也的安排，穗香連忙搖動頭與雙手。

「穗香，妳太見外了。人數是六人分嗎？這種程度完全不會多費工夫。」

『……嗯，沒錯，六人老班底。謝謝，我會轉告雫。』

不過深雪再度進入畫面這麼說，穗香也收回顧慮。

「那麼，後天中午見吧。」

『嗯，後天見。再連絡喔，深雪。達也同學，抱歉打擾了。』

穗香低頭致意。這句話與動作大概預先登錄為操作指令，通話在她鞠躬的狀態結束連線。

◇

到了八月三日，星期六。

雫、穗香、艾莉卡、雷歐、美月與幹比古等六人，加上機師與隨行侍女合計八人搭乘的傾轉旋翼機比預定時間早一點，中午之前就降落在巳燒島的機場。

在這個時間點，還沒對民航機發布警報。

【7】

二〇九七年八月三日。

防衛省從早上就籠罩在急迫的喧囂中。

原因在於日本時間七月三十日早上，從夏威夷州歐胡島出港的兩棲突擊艦「關島號」，若以航行路線來判斷，幾乎可以確定目的地是伊豆群島。

軍中的文官組與武官組，剛開始也不相信戰術AI的預測。但也不能視而不見，所以武官們向USNA海軍太平洋艦隊司令部詢問「關島號」的目的。

USNA海軍對這個問題的回答，使得防衛省陷入恐慌。

他們的回應是「關島號在進行祕密作戰，無法回答任何問題」。還說「由於關島號的情報機器發生故障，無法掌握該艦現在位置」。

「不知道在哪裡」明顯是謊言。USNA運用的軍事衛星比日本還多，不可能找不到正在海面航行的本國船艦。面不改色說出這麼容易看透的謊言，只能認定是基於不友善的意圖。

這麼一來，戰術AI的預測就不能以「機械誤判」一語帶過。必須防範USNA艦艇攻擊伊豆群島，這樣的聲浪主要在武官之間高漲。

海軍軍官之間原本就累積了對於ＵＳＮＡ的反感。

如同配合新蘇聯的侵略與步調，一艘運輸艦對伊豆群島的巳燒島進行奇襲登陸攻擊。島嶼的實質擁有者四葉家和防衛省的利害關係一致，所以該事件在官方記錄當成沒發生過，但已經知道用來奇襲的運輸艦是ＵＳＮＡ海軍所屬的「中途島號」。

如果是敵對關係還很難說，但日美依然維持同盟關係。ＵＳＮＡ海軍的奇襲無疑是背叛，是暗算。而且在奇襲失敗之後若無其事，別說道歉，甚至沒有半句解釋。

對於軍中武官組來說，ＵＳＮＡ的態度與舉止只令他們覺得受到愚弄。國防軍內部以海軍的尉級與校級軍官為中心，主張即時迎擊的論調愈來愈強烈。

不過防衛省的文官組和武官組相反，文官組之間的主流意見是絕對應該避免交戰。

二〇九五年十一月至今，日本與ＵＳＮＡ處於微妙的緊張關係。契機在於日本對上大亞聯盟的時候「贏太多了」。這是ＵＳＮＡ單方面感受到威脅，日本這邊沒辦法做些什麼。如果是在大戰之前，或許也可以主動削減軍力來對應，但是在大戰之後的狀況，出事時無法全面依賴同盟國的支援，主動削弱戰力的這個選擇，等同於放棄對國民應盡的義務。

就算這麼說，也不能和ＵＳＮＡ陷入明確的敵對關係。要是因為面子稍微受損就下定決心和ＵＳＮＡ全面對決，對於日本來說是自殺行為。這個國家本來就和西方的大亞聯盟與北方新蘇聯這兩個大國敵對，即使只是表面，至少要和東方維持友好關係，否則無法確保國家安全。現在不是「光榮孤立」通用的時代。

文官組的真心話是「輕名重利」。若是為了避免決定性的決裂，應該甘願承受某種程度的損害。防衛省內部意見不一，導致外國戰鬥艦接近時沒能即時採取措施。

遲遲沒向民間發布警告也是疏失之一。

◇

「達也大人，您的電話。」

達也久違地和朋友們共進午餐之後沒多久，水波告知有人來電。

媒體報導達也出院至今，各種人打電話給達也（也包括等同於詐騙的推銷電話）。頻繁到時間再多也來不及全部接聽。

水波也明白這一點，在她這邊會進行某種程度的篩選，但是必須仰賴達也判斷是否接聽的電話也不少。

「誰打來的？」

達也腦中浮現數名可能打電話過來的對象，如此詢問。

「是三高的一条大人。」

「一条打來的？」

正確答案是達也想都沒想過的對象。水波加上「三高的」這三個字，應該是為了和將輝的父親——一条家當家一条剛毅做個區別。

不只是達也對於來電對象感到意外。深雪露出疑惑表情，朋友之間也議論紛紛。

「——我知道了。在接待室吧？」

「是的，第一接待室。」

他們用餐的地點不是達也與深雪暫時當成住家使用的房間，是訪客用的小餐廳。隔壁設置數間談生意用的接待室，第一接待室導入視訊會議用的設備，也可以在該房間連線參加師族會議。

一条將輝大概是以這條十師族專線連絡達也。

為了引導起身的達也，水波走向出入口的房門。

但是達也阻止她了。

「水波，麻煩準備飲料給大家。」

這間餐廳有其他人員負責供餐，不過水波是下任當家深雪專屬的侍女，也具備足夠的技能，即使她來幫忙也沒人會抱怨。

「好像也有人想和妳講幾句話。分配飲料之後可以陪大家聊聊嗎？」

「——遵命。」

水波露出不太能接受的表情恭敬行禮，達也留她在餐廳，獨自前往第一接待室。

◇◇◇

「抱歉讓你久等了。」

解除保留狀態，將輝出現在大型顯示器的畫面之後，達也先向他謝罪。

『不，這是我要說的。抱歉突然打電話找你。』

在無關魔法的日常部分，達也與將輝都是明理人。不會突然鬥嘴或是省略開場白單方面一股腦兒說明用意。

「是有急事吧？發生了什麼事？」

雖然這麼說，卻也不是和樂閒聊的交情。達也走完既定程序之後，催促他進入正題。

『其實，我老爸從國防軍的熟人那裡聽到一件事。』

「一条閣下嗎？」

「某某閣下」在十師族之間是對於別家當家的稱呼。這裡的「一条閣下」是指將輝的父親，一条家的當家一条剛毅。

『司波，你冷靜聽我說。』

客觀來看，真要說的話應該是將輝需要冷靜，不過達也沒說「我很冷靜」這種話打岔。

『USNA的兩棲突擊艦「關島號」正率領兩艘驅逐艦前往伊豆群島。目標恐怕是你。』

「……確定目的不是演習，是意圖攻擊嗎？」

『對於航海目的這個問題，美軍好像不肯回答。』

「這確實不是演習吧。」

『三艘戰鬥艦聽說筆直航向巳燒島。軍方預測明天早上會進入攻擊範圍。』

「驅逐艦的類型是？飛彈艦嗎？」

『沒知道這麼多……』

「說得也是。抱歉。」

看到將輝在為難，達也自覺這個問題過於勉強。

『沒關係。』

將輝也迅速重振心情。

『司波，國防軍或許不會出動……你沒吃驚嗎？』

聽到可能被軍方拋棄，達也卻毫無驚慌的樣子，使得將輝面露意外感發問。

「因為四葉家現在和國防軍出了一點問題。」

『……現在不是講這種話的時候吧?國土即將遭受外國攻擊，無論有什麼隱情，軍方基於義務都應該出動自衛吧?』

「照道理是這樣。」

將輝露出無從發洩怒氣的表情，達也只在「形式上」安撫。

將輝表面上回復冷靜，但是內部的熱量看起來反而提升。

『司波，需要援軍嗎?』

「感謝你的好意，但是這樣不太妙。」

達也沒誤解將輝這個問題的意圖。他自願一起防衛巳燒島。達也理解這一點，卻還是拒絕將輝的好意。

『為什麼?如果你擔心一条家和國防軍的關係惡化……』

「不是這樣。」

聽到四葉家和國防軍出了問題，自然會產生將輝想說的這種擔憂。不過達也擔心的是更嚴肅的問題。

「你現在離開那裡不太妙。來自北方的威脅沒消失。」

『……意思是新蘇聯又會打過來?』

「即使美軍船艦衝著我來，我也認為不是USNA政府下的命令。很可能是部分強硬派失控

亂來。」

『你有這麼推測的根據嗎？』

「有。」

將輝沒問根據是什麼。因為不追問底牌是十師族之間的禮貌。

『比起ＵＳＮＡ，新蘇聯再度侵略的威脅更大。你是這麼認為的吧？』

「沒錯。」

『……我知道了。』

達也的回答過於簡潔，語氣卻具備說服力。

但是恐怕不只如此，將輝自己肯定也在意新蘇聯的動向。

『我來防範北方。司波……真的沒問題嗎？』

「別擔心，我不會讓深雪傷到任何一根寒毛。」

『我……我不是在講這個！』

將輝臉紅了，不知道是不是對於這個「臆測」感到憤怒。

或者是……

「你不在意深雪嗎？」

『——再見！』

將輝沒回答達也這個問題就掛斷電話。

在這同時說出的不是道別，是約定再會的話語。

達也離席的小餐廳裡，以水波為中心形成微妙的氣氛。除了她以外都是三年級，只有她是二年級，這應該也是形成這股氣氛的因素之一，但主要原因在於朋友們對於水波遭遇的災難都是一知半解。

「啊～～櫻井，妳身體好了嗎？」

首先開口試著打破尷尬氣氛的是雷歐。他與水波是山岳社學長學妹的關係。

「抱歉讓學長擔心了。我在身體方面已經完全康復，醫生也拍胸脯掛保證。」

「那不是很好嗎？」

「只是，我現在無法使用魔法了。」

「咦？」

驚訝出聲的不只是雷歐。這裡所有人都知道水波擁有優秀的魔法師天分。這樣的她表明自己再也無法使用魔法，給予眾人很大的打擊。

「至今受到西城學長與各位的照顧，但我想我應該會從一高退學。」

「……離開學校之後，妳要怎麼做？」

「達也大人說我可以繼續服侍深雪大人，所以我預定遵照他的安排。」

對於水波這段話，艾莉卡以大到過於誇張的動作點點頭。

「沒錯！又不是只有魔法師這條路可以走。」

「說得也是。雖然應該無法輕易接受，整理心情也要花很多時間……不過在這個世界上，無法使用魔法的人比較多。」

幹比古接在艾莉卡後面說。

「水波學妹在普通科目的成績也很好吧？不管是文科還是理科，只要妳有心就可以轉入普通高中，升學就讀一流的大學喔。」

同屬學生會，熟知水波成績的穗香這麼說。

「水波學妹的廚藝非常好喔。」

「嗯。甚至想要妳當家裡的侍女。水波，願意被我家僱用嗎？」

雫接續美月的稱讚，補充這段話。

「呃，不，非常抱歉，我……」

雫的邀請使得水波真的開始慌張。

「不行喔，雫。我不會交出水波。」

沉默至今的深雪在這時候插嘴。

「小氣。」

雫這句話引發笑聲。洋溢在現場的尷尬氣氛稍微緩和。

回到餐廳的達也大概嗅到沉悶氣氛的餘味，沒問剛才發生什麼事。

「各位，我要說一件重要的事。」

現在有另一件十萬火急的優先事項。

「和一条同學打來的電話有關嗎？」

對於深雪的詢問，達也點頭說「沒錯」，將視線移向雫。

「雫，這趟別墅之旅最好中止。」

「發生了什麼事？」

雫從正面直視達也雙眼，不是問「為什麼」，而是確認「什麼事」。

她明白達也的警告有憑有據，進而要求說明隱情。

船艦接近到不用一天就到達的距離卻還沒發布警報，是因為政府或軍方基於某種理由不想公布。已經推測到這個想法的達也，不得不猶豫是否該在此時此地揭露事實。

然而看見投向他的視線——不只是雫，還有穗香、艾莉卡、美月、雷歐、幹比古以及深雪。感覺到眾人眼中隱藏的熱度，達也領悟到隱瞞也沒用。

如果不說實話，朋友們應該不會變更計畫。不只如此，還可能留在這座島。達也原本就打算晚點向深雪說明，不過看來非得變更預定的樣子。

「快的話在明天，這座島會遭到USNA兩棲突擊艦與驅逐艦的攻擊。無法否定這場戰鬥可能會波及小笠原群島。」

「意思是美國要打過來嗎？」

「不是這樣。」

達也搖頭回應艾莉卡這句大喊。

「目前已知USNA不是以國家立場對日本發動攻擊。」

達也斷言「目前已知」，但是實際上沒有確切的根據，始終只是推測。

「恐怕是艾德華．克拉克慫恿寄生物與軍方部分人員，不管三七二十一放手一搏吧。要是這次攻擊失敗，USNA政府肯定會拋棄克拉克。」

雖然是推測，但達也抱持確信。柯蒂斯參議院議員、核子潛水航母的柯蒂斯艦長與船員、前去搶回水波途中通訊的不知名航母艦長等等，達也依照自己接觸這些ＵＳＮＡ政治家與軍人的經驗，感覺美國人「還沒」畏懼他到歐斯底里的程度。

日本是阻止大亞聯盟進軍太平洋的防波堤，ＵＳＮＡ目前不認為日本的威脅大到必須放棄這道防波堤。本次戰鬥的結果可能會改變威脅判定，不過既然這樣，就徹底展現「這邊」的實力，讓他們今後不敢斷然出手吧。老實說，達也認為兩棲突擊艦本次來襲正是這個好機會。

「是明天吧？雖然這麼說，但國防軍看起來沒出動啊？」

雷歐頗為面不改色地提出疑問。

「國防軍不會出動。」

「你說什麼……？」

達也的回答使得雷歐發出暗藏怒氣的低沉聲音。

「這樣對『我們』也方便行事。」

不過聽到達也補充的這句話，雷歐的怒氣消散了。

「……你打算只以四葉家擊退？」

「沒錯。」

達也所說「我們」這個詞，並不是意味著四葉家。但是達也沒要說明那麼詳細。

「達也，你說寄生物會來？」

這次是幹比古發問。

「會來。」

達也以這句話回答幹比古的問題。雖然沒說明理由，話語卻具備不容分說的說服力。

「既然這樣……」

幹比古聽完達也回答之後的話語，也沒有要求根據。

「可以也讓我幫忙嗎？身為古式術士的一員，我不能坐視妖魔來襲。」

「吉田同學？」

美月忍不住出聲也在所難免。幹比古要求參加這場戰鬥。雖然對手只有三艘，卻是USNA的軍艦，運氣不好的話會喪命。即使不是美月，當然也希望他停止這種危險的行為。

「省省吧，幹比古。你沒必要搏命。」

達也的回應使得美月露出放心表情。

幹比古反而一副無法接受的樣子。

「別擔心，我會消滅所有寄生物。不只是同化的前人類，也不會放過任何一具主體。」

不過既然達也這麼斷言，幹比古就無法反駁。

「可是達也同學，要不要參戰是另一回事，讓Miki留在這裡，我認為是不錯的點子。」

艾莉卡代替說不出話的幹比古反駁。

「只由當事人作證的話不夠力吧？由『湊巧』位於現場的『平民』作證，比較容易主張這是正當防衛，指控USNA違反協定的時候也會有說服力吧？」

「說得也是……有道理。」

達也也無法立刻推辭艾莉卡的意見。

「但是沒必要做到這種程度。即使可以在宣傳戰占優勢，也不值得為了這種好處背負風險，讓你們的生命暴露在危險之中。」

但是到最後，達也駁回艾莉卡的主張。

「是嗎～～」

但是艾莉卡和幹比古不一樣，不會輕易退讓。

「雖說有風險，但你不會讓『沒參加戰鬥，純粹只是來玩的朋友』遭遇生命危險吧？」

「話是這麼說沒錯……」

「達也同學，你上次說過會保護穗香吧？你保護的只有穗香？」

艾莉卡提到的是穗香被USNA非法特務部隊「illegal MAP」擄走之後，雫在穗香入住的病房要求達也立下的約定。立下約定的前一天，達也向深雪與莉娜說過，不只是穗香，達也也想將艾莉卡、美月與其他朋友們納入四葉家——納入四葉家下任當家未婚夫的他底下保護，不過艾莉卡肯定不知道這個計畫。

達也不禁以疑惑的視線看向深雪。

深雪露出「萬萬沒這回事」的表情，頻頻小幅度搖頭。

艾莉卡笑嘻嘻看著兩人這段無聲的互動。看來這時候是艾莉卡的讀心術略勝一籌。

「……我會保證『貴賓們』的安全。」

達也只能回以小小的挖苦。

艾莉卡「哼哼～～」露出得意洋洋的笑容。

「既然這樣，也可以讓我暫時住下來嗎？我跟家裡說要參加五天四夜的升學考集訓，所以不方便立刻回去對吧？」

「……責任自己扛喔。」

「我不會做出危險的舉動。」

達也以認命的表情叮嚀，艾莉卡以正經表情回應。

「那個，我也……」「那我也要！」

緊接著，穗香與雷歐間不容髮同時開口。

「那麼我也要喔。」

繼兩人之後，雫機靈地這麼接話。

「那個……既然這樣，我也要。」

最後連美月都這麼說。

達也嘆出好長的一口氣。

然後轉身面向水波。

「水波，可以立刻使用的客房總共幾間？」

「請稍候。」

水波左手撥起耳際的頭髮，手指按住左耳所戴的語音通訊元件接收器。這是指紋認證的可穿戴式智慧型揚聲器，透過緊貼脖子的頸鍊讀取喉頭振動接收指令的機型。設置式的智慧型揚聲器無關ＡＩ操作，即使是攸關隱私的對話都會被伺服器擷取，該裝置就是以這種「ＡＩ竊聽問題」為契機開發的。

水波單手按在嘴邊，輕聲復誦達也的問題。她再度以指尖按住左耳元件關閉智慧型揚聲器，轉頭看向達也。

「達也大人，單人房與雙床雙人房各一間。」

「那單人房給艾莉卡，雙床雙人房給幹比古與雷歐。穗香、雫與美月在天黑之前回家吧。」

這次達也也不給朋友們插嘴的空檔。

「怎麼這樣～～」

穗香以激發同情的語氣出言抗議，但是達也不理不睬。

「——沒辦法了。穗香，來住我家吧。美月不介意的話也請一起來。」

之所以沒繼續僵持不下，肯定是多虧雫幫忙打圓場。

從將輝那裡得到的情報，不只是必須告訴朋友們。雖然意外多花了一些時間，但是達也請深雪送別穗香她們，交由水波帶領艾莉卡等人到客房，自己則是撥打直通四葉本家的專線。

『達也大人，請問怎麼了嗎？』

接聽視訊電話的葉山，對待達也時已經完全切換為接待直系成員的態度。不只是葉山，本家的幫傭對於達也的態度已經悉數更改。

「剛才一条將輝提供情報給我。USNA的兩棲突擊艦與驅逐艦正朝著巳燒島逼近。」

『這樣啊。』

「本家那邊也早就掌握了嗎？」

達也嘴裡這麼問，內心卻沒感到意外。

『兩棲突擊艦「關島號」，還有驅逐艦「羅斯號」與「赫爾號」吧。雖然知道他們正在接近日本，卻沒有連目的地都查明。』

「不過，已經預測到了？」

『是的，和達也大人一樣。』

對於葉山的斷定，達也沒反駁，也沒因而壞了心情。在上個月上旬，以化為寄生物的STARS為核心組成的部隊就偷襲過巳燒島。參與巳燒島事業的四葉家成員，沒人認為襲擊僅止於此。

「意思是用不著告訴我嗎？」

達也正式和國防軍決裂之後，刻意不使用「在下」這個第一人稱。

『不不不，絕對沒這種事。這邊正在進行迎擊準備，不過確定日期是明天真的幫了大忙。話說一条大人是從哪一位口中得知這件事的？』

「好像是他父親一条閣下從國防軍內部的私人管道得知的。」

『這樣啊。屬下這邊雖然也派人潛入參謀部……』

畫面中的葉山視線落到手邊。大概是在確認這名臥底在做什麼。

『……不過今天好像被派遣到首都近郊的基地。』

「看來時間點剛好沒對上。」

『似乎是這樣。這邊再稍微增強國防軍與防衛省的諜報員吧。』

對於葉山自言自語般的解釋，達也不做任何評論。HUMINT——以人力進行的諜報行動，是黑羽家的管轄事項，他不該也不必插嘴。

『增強人力的部分改天再處理，關於明天的襲擊，屬下會安排立刻派遣增援。不過現在備戰的是新發田家的部隊，為了應付寄生物，也需要請津久葉家出動嗎？』

「這部分交由本家判斷。」

『知道了。要幫您傳話給夫人嗎？』

「那麼，請幫我轉達這句話：『為了履行和東道閣下的承諾，我會全力以赴。』」

聽完達也這段話，葉山表情僵住。

『……方便屬下冒昧請教一件事嗎？』

「什麼事？」

『達也大人……您會使用質量爆散嗎？』

達也像是「不必擔心」般淺淺一笑。

「非得使用那招的局面，應該不會發生吧。」

『那麼？』

葉山以極短的這句話詢問達也的真意。

「我的魔法並不是只有質量爆散，我要讓『世界』理解這一點。即使不依賴用處受限的戰略級魔法，魔法也可以成為遏阻力。我打算讓全世界見識這個道理。」

達也此時沒做出具體的答覆。

『這樣啊……屬下知道了。』

葉山在畫面上深深鞠躬。

即使沒具體說明，達也的決心也已經充分傳達。

充分到無從誤解的程度。

◇　◇　◇

八月三日夜晚。

和艾莉卡、雷歐與幹比古一起吃的晚餐收拾完畢，水波也回到自己房間，深雪和達也迎接兩人共處的時光。

在客廳坐在達也身旁享受喝茶時間。今晚的茶是深雪親手泡的冰花草茶。自己提供的茶使得達也露出滿意的笑。對於深雪來說是幸福無比的一刻。

深雪瞥向身旁觀察。

剛好拿起玻璃杯飲用的達也，掛著她所期待的笑容。

深雪自覺臉蛋快要笑開，盡量以不經意的動作看向下方，就這麼將成對的玻璃杯送到嘴邊。

以具備放鬆效果的花草茶平穩心情，輕輕吐一口氣之後，深雪察覺身旁投來強烈的視線。

深雪不禁繃緊身體。但她立刻察覺這對視線沒包含兒女私情。她戰戰兢兢轉向達也。

和達也四目相對。他的視線認真到嚇人，令深雪預料會發生某種嚴重的事情。

「深雪。」

「是，哥哥。」

聲音差點高八度，深雪被迫相當努力才抑制下來。

「讓妳站上戰場並非我的本意。原本無論身為守護者還是身為未婚夫，我都認為必須避免這種事。」

「身為未婚夫」這段話差點令深雪失神。因為達也難得主動對深雪說出「未婚夫」的立場。

「但是明天，希望妳助我一臂之力。」

不過得知達也是在請求協助，深雪輕飄飄的心情飛到九霄雲外。

「請問我該怎麼做？」

達也對她「有所求」。只要這麼想，內心就自然只注意這一點。

「正如我白天所說，USNA的軍艦會在明天攻打過來，但是襲擊的不只是他們。我想貝佐布拉佐夫會把克拉克的企圖當成順風車對這邊出手。」

「新蘇聯的貝佐布拉佐夫嗎？」

「嗯。沒有確切的根據。不過對他來說，這是成功雪恥的絕佳機會。而且對於新蘇聯來說，我這個鄰國的戰略級魔法師，肯定是他們務必想葬送的對象。該國很可能會介入。攻擊手段大概是水霧炸彈、中程飛彈，還有派飛彈潛艦過來。或許新蘇聯的潛艦已經來到這座島附近。」

「我認為哥哥說的沒錯。」

深雪並不是盲從。至少她在這個時候自己思考過，承認達也的推測合理。

「既然對方來襲，這邊當然要擊退。不可能讓他們全身而退。但是這次要同時對付USNA與新蘇聯，所以下手不能太重。不能無視於交戰之後的事情。」

「您認為並不是打贏就好，對吧？」

「艾德華・克拉克與貝佐布拉佐夫，我要趁著這個機會殺掉。為了斷絕後顧之憂，今後絕對不能讓那兩個人繼續活下去。」

聽到達也以堅定語氣這麼說，深雪表情一沉。她的人生歷練還沒累積到足以毫不抵抗接受殺人這件事。

但她也沒反對。並非因為這是達也的話語。某些對象是無法溝通的。她透過自己的經驗學習到這個道理。

「但是我不想使用質量爆散。無從抵抗又不容分說的虐殺——那個魔法給人的這種印象過於強烈。」

達也的語氣聽起來沒有自虐。深雪知道他是站在客觀的認知來評價自己的魔法，所以也沒有反駁。

「對於USNA的戰鬥艦與新蘇聯的潛艦，最好是不破壞就剝奪其戰力。即使最後要擊沉，我也想先讓他們見識到失去戰力的樣子。」

深雪眼中亮起理解的光芒。

「要交給我負責這件事是吧？我知道了。無論對方有幾艘，我都會冰封給您看。」

深雪英勇端正的美貌，宛如接受戰神神諭的聖少女，果斷告知決心。

不過達也似乎不是很能接受她這副模樣，表情在瞬間蒙上哀傷。

就像要隱藏這張表情，達也戴上撲克臉的面具，從腳邊包包取出一把古典裝飾的白銀手槍。是深雪也能輕鬆握在手中的大小，全長約十二公分，但是沒有槍口。

「這是……特化型CAD嗎？」

深雪拿起達也遞過來的仿造手槍，微微歪過腦袋。以卓越魔法力自豪的深雪，至今不需要特化型CAD。

「這把CAD安裝的啟動式，是利用連鎖演算的超廣域冷卻魔法『冰河期』。」

「冰河期……難道是新魔法嗎？」

陌生的魔法名稱使得深雪睜大雙眼。

「雖然變成得直接上陣，不過魔法式本身是以連鎖演算將冰霧神域的有效範圍擴大，所以發動時肯定不會伴隨風險。我在啟動式加入限制器以防萬一，所以不必擔心對於魔法演算領域造成過度負擔。限制器的效果已經由我親自驗證完畢。」

聽到這段說明，深雪眼睛睜得更大了。

「由您親自測試……這樣不會危險嗎？」

「這麼做是為了妳。無論有多少風險，我都會力求萬無一失。」

「哥哥……」

深雪眼眶溼潤，不過沒流下感動的淚水。大概因為現在不是這種場合而忍住吧。

「比起單純使用冰霧神域，擴張版的『冰河期』造成的負擔肯定比較小。以這個魔法癱瘓敵方船艦吧。」

「知道了。我會在哥哥身旁漂亮完成這份職責給您看。」

深雪勇敢地宣言。

「不，等一下。」

但達也不是點頭回應這句話，而是說出潑冷水般的話語。

「為了避免敵人看見妳，我希望妳在司令室使用魔法。」

「……為什麼？」

大概是哪裡覺得不高興，深雪朝達也投以不滿的視線。

「由妳使用『冰河期』，發揮的威力恐怕會直逼戰略級魔法。我一個人成為警戒對象就好。不能連妳都被其他國家視為危險的魔法師鎖定，絕對要避免這種事。」

即使以堅定的語氣這麼勸誡，深雪依然沒接受。

「哥哥說不希望我站上戰場，但我的想法相反。我不想成為一直被保護的女生。我不希望被哥哥保護在背後，我想站在哥哥的身旁。」

注視達也的深雪雙眸蘊含絕不退讓的意志。如果有外人在場見證，大概會認為即使是達也也很難說服她吧。

「傷腦筋……」

實際上，達也也真心（或者是看起來真心）嘆了口氣。

「深雪，我不曾把妳當成弱女子。證據就是如果沒有妳的實力，這次的作戰與新魔法別說勝算，從構思的階段就不存在。」

「…………」

大概是達也這番話完全出乎預料，深雪看起來氣勢大減。不知道該如何反應而語塞。

「但我希望妳在身後扶持我……只要妳在我身後，我就不會害怕任何人，甚至不會害怕我這份可能毀滅世界的力量。」

「那……那個……」

「我以為妳今後也會繼續成為我的支柱……看來是我擅自這麼認定嗎？」

「絕對不是這樣！」

深雪連忙否定達也的嘆息。

「我今後會繼續成為哥哥背後的支柱！」

不知道她是否察覺自己的說法差點自相矛盾。

「深雪，謝謝妳。那麼明天也拜託妳在『後方』支援了。」

「請交給我吧！」

「靠妳了。」

「好的！」

深雪大概沒察覺自己被哥哥籠絡了。

【8】

西元二〇九七年八月四日。

這天，世界再度體認到魔法的力量。

單一魔法師連軍事強國都能壓制的這份力量。

◇ ◇ ◇

八月四日上午八點。ＵＳＮＡ的兩棲突擊艦「關島號」通過巳燒島外海二十四海里的界線。「關島號」就這麼西進，不過兩艘同行驅逐艦中的「赫爾號」減速，「羅斯號」反而加速改為往西南方航行。

認定兩艘驅逐艦是兩棲突擊艦之護衛艦的日本國防軍對這個行動感到困惑，也有人質疑ＵＳＮＡ船艦意圖攻擊巳燒島的推測恐怕不是誤解。

◇ ◇ ◇

國防軍開始失去方向，不過巳燒島的地主四葉家毫不迷惘。

「闞島號即將入侵領海。以現在的速度估計是五分鐘後。」

八點二十分。巳燒島西岸，將昔日島上收容魔法師重刑犯的脫逃監視設施改建而成的私設防衛司令室，負責監視海面的職員以緊張的聲音報告。

『迎擊部隊已經完成戰鬥準備。』

以無線電回報的是堤奏太，真夜交付進行防衛指揮的新發田勝成之守護者。

「奏太，你冷靜一點。要等對方開始行動才出擊。」

勝成從揚聲器的聲音感覺奏太心浮氣躁，警告他不准偷跑。

『我知道啦，老闆。我沒忘記我們需要「因為遭受攻擊才自衛」這個名目。』

像是在叫咖啡廳店長的「老闆」這個發音，使得奏太的語氣聽起來總是缺了一點正經，但是他的忠誠心毋庸置疑。勝成沒有嘮叨重複提醒，而是看向正前方占滿整面牆壁的主螢幕。

這間司令室沒有窗戶。平常代替窗戶映出戶外景色的主螢幕，如今顯示關於這座島的各種情報。勝成坐在指揮官用的多功能座椅，目不轉睛注視螢幕顯示的ＵＳＮＡ船艦資料。

「闞島號減速了。」

管制員如此報告，勝成也從主螢幕讀取相同內容的資料，操作指揮官座椅內建的通話系統。

「達也表弟，敵艦有動靜。方便和深雪表妹一起來司令室嗎？」

他對麥克風這麼說。

深雪用完早餐之後和達也分開，帶著水波、艾莉卡、雷歐與幹比古移動到居住大樓地下的避難所。

雖說是地下避難所，卻和地面樓層一樣寬敞，住起來很舒服。而且室內備有顯示島內全區的四台大型螢幕，如此說來地下避難所反倒比地面的客房還要便利。

目前島上看起來沒有異狀。唯一和平常不同的是一般民眾（四葉家戰鬥員以外的人）前往東岸的工廠區域避難。今天是星期日，所以工廠一如往常停止建設或是運作測試。

雖然這麼說，卻也增派了戰鬥員取代避難的科學家與技術人員，所以人數沒變少。前往戶外的人影甚至比平常多。

ＵＳＮＡ的軍艦還沒進入視野範圍。避難所可以利用的攝影機只拍得到沿岸區域。具體的極限是距離海岸線約八公里，將視野設定為海拔五公尺高所見的水平線。只拍得到領海界線的十二海里＝約二十二公里遠。

即使稱不上和平也缺乏緊張感的這種影像大概滿足不了艾莉卡，她從螢幕移開視線，轉身看向深雪。

「敵艦是從哪裡過來？」

「水波，妳知道嗎？」

深雪將艾莉卡的問題轉給水波。

「……距離領海還有三公里。」

水波沒坐在椅子上，她站在集中管理室內各種設備的控制台前方，操作情報終端機的鍵盤，從司令室管理的軍事情報系統取得答案。即使同樣是避難所，收容「一般民眾」的房間肯定調查不到這些情報。正因為這裡是本家下任當家使用的VIP房間才做得到。

「既然距離領海三公里，那麼距離海岸……我想想……」

「西城學長，約二十五公里。」

對於插嘴的雷歐，水波也客氣回答。

「二十五公里嗎？還沒進入彈射砲的射程範圍吧？」

雷歐說的「彈射砲」是在上一場大戰中，戰鬥艦攻擊地面的主要武器「電磁彈射砲」。以電磁彈射機構發射大型炸彈的電磁彈射砲，據說一般的射程是二十公里遠。

「如果是飛彈，早就進入射程範圍喔。」

這次是幹比古回應雷歐的話語。

「既然還沒射過來，應該是企圖登陸吧。櫻井學妹，接近的是驅逐艦還是兩棲艦？」

水波瞥向深雪。

確認深雪點頭之後，水波回答幹比古：「是兩棲突擊艦。」

「果然是登陸作戰嗎……看來對方也不是想胡亂轟炸，是將目標鎖定為達也。」

聽到幹比古的推測，艾莉卡像是瞧不起他般哼笑。

「反正很快就會改成亂轟了。暗殺達也同學的計畫不可能順利成功吧？」

沒人出聲反駁。雷歐與幹比古一臉認同地點頭，一旁的深雪露出美到缺乏人類情感的笑容，令人印象深刻。

對話不經意中斷。如同在等待寂靜降臨的這一刻，房門突然開啟。

「達也大人。」

三層構造的滑門還沒完全開啟，深雪就站起來恭敬鞠躬迎接達也。慢一步的水波也連忙彎腰致意。

深雪的迅速反應，「如今」沒人會大驚小怪。即使在外人眼中不可思議、不合理又費疑猜，既然是達也與深雪的朋友，這種程度就不值得驚訝。這道三層門使用伽瑪射線屏蔽合金與中子屏蔽合成樹脂的複合夾板，達也與深雪卻能隔著門感應到彼此的存在，這種超乎常理的事情，艾莉卡、雷歐與幹比古都早已司空見慣。

「深雪，勝成表哥在找我們，一起過來吧。」

達也看都不看朋友們一眼，只說明自己的來意，但是三人都沒感到不滿。因為達也身上環繞的氣氛令人覺得這是理所當然。

他身穿容易誤認為黑色的深藍色飛行裝甲服。是四葉家所開發「解放裝甲」的不同版本。頭上戴著頭盔，只打開臉部的護目鏡，是全副武裝的狀態。

達也先前使用的解放裝甲，設計成即使穿上街也只會被當成「有點特別的騎士服」，著重於即使平常穿也不會引人起疑，算是「市民版本」。

相對的，他現在身穿的這一套，保護要害的裝甲與近戰用刀的握柄外露，一看就知道是戰鬥用的裝甲服。設計上堪稱是相對於「市民版本」的「兵士版本」。明顯跨越平民被允許的限度，要是警察看見難免會當成現行犯──實際上警察是否逮得到他就另當別論。

這身打扮以淺顯易懂的方式顯示戰鬥即將到來。艾莉卡等三人自然認為，達也來叫深雪也是為了迎擊敵人的相關事宜。

「艾莉卡、雷歐、幹比古。」

只不過，達也沒忘記也沒忽略他們三人。

「你們待在這裡。需要什麼東西，水波會處理。千萬別跑到敵人前面啊。」

聽到達也的叮嚀，艾莉卡與雷歐聳了聳肩。這個反應等於承認「我可不想乖乖待著」。

「幹比古，幫我看著兩人，別讓他們亂來。」

「唔，嗯，我知道了。」

達也向幹比古施壓之後，帶著深雪離開房間。

以這三人的個性來說，將責任塞給幹比古也無可厚非。

◇　◇　◇

達也進入司令室的時候，勝成脫掉夏季外套，正準備穿上防護外套（具備防彈、防割、抗藥物與抗爆功能的戰鬥用外套）。

勝成穿的褲子原本就是相同材質。相對於達也穿的連身式，他穿的是兩截式的飛行裝甲服。上衣外層以彈性腰帶固定衣襬，所以姑且確保氣密性，但是無法奢求性能達到解放裝甲或是國防軍可動裝甲的程度。

即使如此，以近距離高速移動的手段來說，還是具備必要的功能。勝成和達也不同，可以只用魔法自保，所以這種裝備就夠了。

「讓您久等了。」

「不會，抱歉講得像是突然找你們過來。」

扣好衣領、繫好腰帶的勝成轉身回應。

開場白只有這樣。

「其實，兩棲突擊艦關島號在即將入侵領海的時候停止了。」

兩人沒進行謝罪大戰這種毫無建設性的行為，立刻進入正題。

「關於敵方的目的，我想徵詢你們的意見。」

「請告訴我驅逐艦的動向。」

對於勝成的問題，達也不是回答，而是反問。

「驅逐艦赫爾號停在島嶼東方三十公里處。反觀羅斯號以五十節左右的速度，沿著島嶼南側領海外圍繞到西方。」

「關島號應該是在等羅斯號就定位吧。」

聽完勝成的回答，達也像是早就知道對方動向般，立刻公開自己的推測。

「想要以兩艘驅逐艦左右夾擊？但羅斯號與赫爾號都是以對空反潛武裝為主的護衛驅逐艦。或許多少擁有可以用來攻擊陸地的飛彈，搭載量卻有限。除非使用核彈……難道說，他們想要以核武攻擊？」

「應該不會使用到『核彈』。我認為ＵＳＮＡ政府不會默許到這種程度。」

達也的回答暗藏玄機。

勝成沒聽漏。

「……你認為敵方準備了匹敵核武攻擊的大規模魔法？」

「但這只是一種可能性。」

「就算這麼說，也不能先發制人將對方擊沉。」

「來自驅逐艦的長程魔法攻擊，由我與深雪應付。」

達也移動視線看向深雪。

深雪確實點頭回應。

「知道了，這部分交給你們。我按照預定在海岸線擊退登陸部隊。」

勝成對達也這麼說完，轉頭看向深雪。

「深雪表妹，請坐這個位子。」

勝成這麼說，催促深雪坐在指揮官座位。

「那個座位是姨母大人交付給勝成表哥的吧？」

「昨天已經得到當家大人的許可。」

「可是……」

「深雪，恭敬不如從命吧。指揮官座位具備妳需要的功能。」

達也在有所顧慮的深雪身旁提出建言。不對，與其說是建言更像是指使。

「既然哥哥……更正，既然達也大人這麼說了。」

聽到意外的這段話，深雪不小心將達也稱為「哥哥」，幸好包括勝成與其他人，司令室內沒人覺得奇怪。

深雪即將坐在指揮官座位時，再度和勝成四目相對。

「那麼勝成表哥要怎麼做？」

「我到東北海岸的移動基地指揮。」

他說的移動基地是內建戰術數位資訊鏈路系統的裝甲廂型車，和這間司令室的電腦連線。

「只要使用飛行演算裝置，從這裡過去不會花太多時間，而且距離現場近一點，在各方面還是比較方便。」

「知道了。請小心。」

「謝謝。」

勝成將頭盔抱在腋下，離開司令室。

深雪坐在指揮官座位，仰望站在一旁的達也。

「——達也大人，請您告訴我。這個座位的功能是什麼？」

「嚴格來說不是座位的功能，是桌子的功能。」

「桌子……？」

深雪露出疑惑表情。

這也在所難免。指揮官座位設置在比周圍地板高一階的圓台上，前方什麼都沒有。深雪現在坐在這裡，周圍的人員可以從頭到腳將她看得一清二楚。

「與其口頭說明，實際使用看看比較快。」

達也說著移動到深雪的右後方。

深雪就這麼掛著疑惑表情，以視線追隨達也。

達也在深雪肩後，將右手伸向右扶手的內側。

像是從後方被抱起來的這個姿勢使得深雪僵住。

達也的右手按下扶手內側設置的不起眼按鍵。

達也上半身打直。

緊接著，包覆在座位後方的圓弧形壁板開始從深雪的左側移動到前方。壁板繞到指揮官座位前方之後，改為朝座位方向移動。

扶手外側的部分只移動到圓台基部，正前方只有上緣十公分的部分接近到深雪手邊，圓弧壁板變成包圍座位的桌子。

「這究竟是……？」

誇張的機關使得深雪瞠目結舌。

「老實說，我認為玩得太過火了……」

從達也苦笑的樣子來看，這應該不是他設計的東西。

「負責改建這裡的技術人員，大概是特攝迷之類的吧。」

達也也覺得這個機關「很奇怪」。得知這一點的深雪看起來稍微放心了。

「所以，您所說『派得上用場的功能』是什麼？」

「是這個。」

桌子移動時躲到外側的達也伸出手，按下深雪右側桌上出現的某個觸控鍵。

桌子外側開啟，內建像是麥克風架的懸臂伸長到深雪面前。

「達也大人，這是？」

「深雪，昨天給妳的ＣＡＤ，妳帶在身上吧？」

「當然。」

深雪從放在大腿上的手提包取出小巧手槍造型的ＣＡＤ。

「把那個裝在這裡。」

達也所指的懸臂前端，形狀像是小型的手槍架。將手槍造型的演算裝置放在上面，就會自動從兩側夾住「槍身」固定ＣＡＤ。握把部分是外露的，所以裝在懸臂上也可以操作ＣＡＤ。

「這根懸臂可以擴張ＣＡＤ的瞄準輔助功能。ＣＡＤ裝在懸臂，再將『槍口』朝向主螢幕的影像，司令室的戰術電腦就會將瞄準物體的位置資料，以啟動式的格式傳送給ＣＡＤ。ＣＡＤ當然也必須可以接收利用戰術資料，不過這把ＣＡＤ已經對應這些功能。妳坐在這個位子就可以和使用肉眼一樣瞄準半徑五十公里以內的任意地點或物體。」

「就像是您以『精靈之眼』鎖定目標嗎……？」

深雪理解到這個系統是為她設計的。擁有「精靈之眼」的達也不需要這個系統。其實即使沒有「第三隻眼」這種遠距離瞄準輔助的ＣＡＤ，光是看著航空影像或衛星影像，達也就可以自行瞄準。這個系統可說是以機械代為進行「精靈之眼」取得位置情報的程序。

那麼只要有這個系統，其他魔法師也能像達也那樣瞄準嗎？應該也做不到吧。對於一般的魔法師來說，即使系統以啟動式的形式提供位置情報，也無法讓魔法精準作用在數十公里遠的物體或領域。需要的魔法力匹敵以新蘇聯貝佐布拉佐夫為首的「十三使徒」。例如深雪這樣。

「和戰術電腦連結的索敵系統如果能提升性能，或許真的能瞄準到地球另一側吧。這裡的系統極限是半徑五十公里。」

是誰在這裡製作出這個系統？深雪不認為這個系統來自達也的提案。達也反對將魔法師當成兵器系統的一部分。至少絕對不會樂見深雪成為兵器元件。

那麼，是真夜為了將深雪利用為軍事力而下令設置的嗎……

深雪在這裡停止思考。無論是誰主使，無論動機為何，這個系統都會在當前即將開始的戰鬥派上用場。

藉由這個系統，深雪可以成為達也的助力。

「——知道了。我一定會純熟使用這個裝置，成為達也大人的助力給您看。」

深雪總之只先思考這件事。

上午八點五十分。兩棲突擊艦「鬮島號」終於開始進行作戰行動。小型快艇從機庫經過艦尾的滑道接連降落在海面。不是搭載戰鬥車輛的登陸艇，是將戰鬥員連同隨身武器送到戰場的運輸艇。

運輸艇共六艘。各艘除了駕駛的船員還搭乘五十名戰鬥員。合計三百名，大約是兩個中隊的戰力。「鬮島號」原本的能力可以載運千名以上的登陸部隊，由此來看本次的人數少了很多，不過考慮到這是非公開作戰，知道內情的人應該會不惜感嘆表示「居然湊得到這麼多兵力」吧。

運輸艇不是依序出發，而是在海面湊齊六艘之後一起出發。就算這麼說，他們也沒有排出隊形，是散開各自衝向巳燒島東岸。推測他們沒排出隊形是避免攻勢集中在狹小空間，同時出發是為了避免被各個擊破。

即使如此，也只是六艘小艇。對八平方公里的島嶼派出兩個中隊的兵力不會不足，但如果是收容力五十人的六艘兵員運輸艇，不需要達也或深雪這種強力魔法師，能使用遠距離攻擊魔法的魔法師只要有二、三十人就能將他們擊沉吧。不，即使不依賴魔法，只要以現代的反艦兵器構築海防陣地，對方肯定就無法接近陸地。

兩棲突擊艦「關島號」艦長好歹也隸屬於ＵＳＮＡ正規軍，肯定理解這種程度的事。在運輸艇開始侵略的同時，無人攻擊機從「關島號」的飛行甲板起飛。

全長約五公尺，體積只比小型卡車大一點。武裝只有使用反物資步槍規格十二．七毫米子彈的機關砲。與其說是無人攻擊機，應該稱為吊掛機槍的無人機吧。

單門噴射引擎、加裝翼翹的切稍三角機翼、前置翼。機身形狀或許最接近上個世紀後半的無人實驗機ＨｉＭＡＴ。

這種無人機依據的戰術構想，是以數量與機動性排除防禦力差的航空兵力、步兵與非裝甲車輛。由於機身尺寸小，即使是機庫比航空母艦小的兩棲艦也能搭載充足的數量。每艘運輸艇有六架無人機在上空支援。「關島號」本身也有八架在船艦上空盤旋護衛。

新發田勝成坐鎮在和沿岸道路隔一座山丘的窪地，透過指揮車與司令室的情報連結，即時掌握敵方戰力的動向。

敵方運輸艇已經入侵到領海深處，如今從海岸線也可以用肉眼看見。

「還不准出手喔。」

但是勝成還沒准許迎擊。現階段因應侵略而進行的具體措施，只有昨晚在可能上岸的岩壁設置阻止登陸的圍欄。這種圍欄的堅固程度匹敵防止非法入境的國境圍欄，能在不到一晚的時間設置完成，都是多虧魔法這種方便的技術，不過反過來說，明明肯定還有餘力，卻沒有進行像是在海裡設置機雷的攻擊性對策。四葉家目前依然避免所作所為觸犯日本國內的法律。

島嶼北方與東方的海岸線，為了保護海岸而堆疊消波塊。用在登陸作戰的軍用艇並不是無法越過這種障礙物，但是得耗費多餘的成本才能突破。首先抵達島嶼的運輸艇開往沒有消波塊的港灣區域，可以說合理的行動。

而且正因為合理，所以對方自然也會提高警覺防範侵略。

實際上，沿著岩壁設置的是只有堅固可取的圍欄。沒有暗藏地雷或槍架或是釋放致命高壓電之類的攻擊性功能。

不過敵人受到過度戒心的影響，在岩壁就在眼前的位置，朝著圍欄使用榴彈槍。而且不是一發，是同時射出十發左右。

圍欄嚴重毀損。

不只如此，蓋在岩壁邊緣的倉庫都遭殃受害。

這是對私有財產進行明確的破壞行為。

「——開始反擊。」

確認損害之後，勝成以冷靜沉著的聲音准許屬下戰鬥。

從兩棲突擊艦「關島號」出擊的士兵不只是寄生物。

艾德華．克拉克和國防部長密談時，保證「本次的暗殺作戰不使用擁有ＵＳＮＡ國籍的『人類』」。當時克拉克打算從寄生物編組暗殺部隊，但是到了實際召集士兵的階段才知道，寄生物的總數比他想像的少很多。

此時克拉克針對想要歸化的外國籍士兵使用「作戰成功之後可以獲得市民權」這個誘餌，調度到約兩百人的兵力。其中也有低階的魔法師。

大約九十人是為了延長壽命而自願成為寄生物的STARDUST隊員們。其餘九人是STARS成員，包含化為寄生物的恆星級隊員倖存者，也就是第六隊的瑞傑爾上尉、貝勒托立克斯少尉與厄尼拉姆少尉。

首先抵達巳燒島的運輸艇，登陸部隊指揮官是叫做亞歷山卓．米瑪斯的二等士官長。他是前墨西哥出身的STARS衛星級隊員，二〇九六年冬季被派來日本時，和達也交戰身負重傷。米瑪斯化為寄生物是想要報復達也。

對於這樣的米瑪斯來說，本次的暗殺作戰是他等待已久的機會。他應該是參加本作戰的官兵之中最積極的成員之一。他搭乘的運輸艇率先抵達，是因為駕駛的船員受到米瑪斯的壓力所以硬著頭皮開快船。

阻擋登陸的圍欄，也是米瑪斯下令使用榴彈破壞。他原本個性就有急躁的一面，這種傾向在化為寄生物之後變得顯著。

說到化為寄生物的影響，人類時代的米瑪斯是擅長振動系加熱魔法的魔法師。可以自由將可視範圍內的物體加熱，類似引火念力的魔法。但他並不是只會使用這招。STARS相傳的絕招「分子切割」也是得心應手。

但是和寄生物同化之後，他的能力變質了。和大多數寄生物出現的狀況一樣，魔法技能朝著少數魔法特化。以米瑪斯的狀況，他的技能偏向於加熱魔法之中稱為「生體發火」的魔法。

「生體發火」正如其名，是讓生物身體產生火焰的魔法，不知為何對於生物屍體或是生物加工而成的材料無效。例如可以燃燒樹木，卻無法點燃木炭。這是魔法這種技術的神奇之處。

相對的，在對人戰鬥可以發揮無與倫比的強度。大概因為效果受限，以小小的事象干涉力也能發動魔法。如果使用「生體發火」，即使對上一般來說因為事象干涉力不足導致魔法不管用的高階魔法師也可以取其性命。

在這個局面，「生體發火」對於圍欄這種人造物體毫無效果。他率領的登陸部隊也有魔法師具備遠距離攻擊能力。但米瑪斯因為無法以自己的魔法破壞圍欄，就心急下令以一般兵器破壞。

「開始登陸！」

運輸艇剛靠岸，米瑪斯就如此大喊。大概是急著報仇，他現在是顧前不顧後的狀態。也沒進行登陸前應該進行的索敵程序。

士兵接連從運輸艦走上岩壁。不，甲板的位置比較高，所以應該說「走下」岩壁。實際上許多士兵是從船邊跳到水泥地面的繫泊區。大概是被米瑪斯的態度傳染，他們看起來沒提防周圍。

這支登陸部隊突然遭受箭雨襲擊。

不是從天而降。

長約五十公分的短箭成為橫向驟雨灑向他們。

箭大概以三十根為一波，以短暫的間隔接連從倉庫後方飛來。登陸部隊裡的魔法師迅速反應架設反物資護盾，但是大約三分之一的隊員中箭受傷。

雖然沒人受到致命傷，然而部隊一成以上的人員，六人腿部或腹部被射穿而無法行動。

「用榴彈瞄準那個轉角！能使用治療魔法的人照顧傷患，難以繼續戰鬥的傷患送回船上！」

在米瑪斯的命令之下，登陸部隊成員同時開始行動。十八名非魔法師在衝鋒槍安裝榴彈，向前擺出跪射姿勢。後方兩名魔法師在身負輕傷的十人之間奔走治療，重傷的六人由三名魔法師使用魔法送回運輸艇。此外，寄生物不在這五名魔法師之中。

兩名士官站在單腳跪地的射手旁邊。其中一人隨著「射擊！」的號令揮下單手。九顆榴彈間不容髮同時發射。

發射完畢的九名士兵和剛才下令的士官一起後退，另一名士官舉起單手。他以這個姿勢定睛注視充斥粉塵的彈著點，就這麼維持姿勢大喊。

「士官長閣下！沒看見敵方射手！」

米瑪斯拿起望遠鏡觀察。榴彈炸毀的牆壁另一側沒有人影。也沒看見橫躺的屍體。

「停止射擊。」

米瑪斯如此下令沒多久，箭群繞過牆壁剛才所在的位置再度來襲。

米瑪斯理解射手為何不見人影的手法了。是以魔法彎曲軌道。以魔法干涉箭的軌道，繞過倉庫射來。

「護盾！」

米瑪斯的反應沒有時間延遲，卻不算是完全趕上。中了這波齊射，包含剛才安裝榴彈的士兵與分隊長共二十多人受傷，其中十一人被迫脫離戰線。

包括第一波的重傷患，撤退人數達到十七人，超過這支登陸部隊的三分之一。一般來說是應該考慮全面撤退的耗損率。

大概是「關島號」也無法坐視他們的慘狀，直到登陸都負責護衛運輸艇的無人機從米瑪斯頭上經過，大概是打算從空中掃蕩伏兵。

然而入侵陸地上空的六架無人機，其中半數的三架接連噴火被擊墜。

沒看見迎擊無人機的飛彈。

也沒聽到機關砲的聲音。

「聲子邁射嗎……？」

米瑪斯發出半信半疑的細語。聲子邁射本身不是那麼罕見的魔法。發動時要求強大的事象干涉力，但是改寫事象的內容相對來說比較單純，可以說只要將音波的振動頻率提升到極限就好。

但是要運用為實戰的戰力，「提升到極限」這部分正是瓶頸。

為了擊墜高機動的無人航空機，必須在瞬間的照射產生足夠的熱量。和攻擊靜止目標的狀況不一樣。想要得到此等威力所需的振動頻率，即使形容為「超振動」也不誇張，要求的事象干涉力也是相同等級。

（沒人回報司波達也會使用聲子邁射的情報。）

（司波深雪擅長的是廣域冷卻魔法才對。）

（除了那兩人，居然還有戰鬥魔法師能使用威力這麼強的魔法……）

（四葉……果然太危險了！）

在米瑪斯內心，除了對達也的復仇心，還另外冒出焦慮的情緒。

三架無人機撤退。大概是控制無人機的管制員判斷即使就這麼想繼續掃蕩（雖然連敵人都還沒找到）也只會被擊墜。

在這段期間，短箭的齊射攻擊也不曾止息。

（只由我／我們進攻吧。）

亞歷山卓．米瑪斯以心電感應號召同部隊的寄生物。

（贊成亞歷山卓的／我們的決定。）

（贊同。）

（贊同。）

（贊同。）

（只由我／我們進攻吧。）

（進攻吧。）

（進攻吧。）

（進攻吧。）

八具寄生物回應米瑪斯的心電感應。

「士官長閣下？」

米瑪斯突然開始前進，輔佐他的三等士官長魔法師（非寄生物）心懷疑惑大聲叫他。

「可倫坡士官長，我將指揮權轉交給你。和剩下的士兵一起歸隊吧。」

米瑪斯沒停下腳步就如此回應三等士官長，和STARDUST所屬的八具寄生物衝進箭之暴雨。

一座糧食倉庫蓋在距離海岸線約五十公尺位置，在這座倉庫屋頂擊墜三架無人航空機的堤奏太，察覺異質的魔法氣息從岩壁方向接近。

「這玩意是……這是寄生物的氣息嗎？」

在戰鬥中得到情報需要消化時，奏太習慣發出聲音思考。現在他的想法也成為自言自語脫口而出。

「以慣性操作強化貫穿力的箭，他們居然以反物質護盾擋下。單純的魔法力不下新發田的一軍是嗎？」

新發田家在四葉一族也是私設軍隊特質強烈的分家。比起暗殺或破壞任務，更擅長正面突破或據點防衛。

新發田家旗下的戰鬥魔法師集團（以無法使用精神干涉系魔法的意義來說）在物質層面的戰鬥力是分家頂尖，甚至可能凌駕於本家直屬的傭兵部隊。

寄生物的實力匹敵新發田家核心架構的魔法師。奏太從剛才的魔法對撞如此評定。

「看來最好幫他們一下。」

守備隊還沒和寄生物接觸。但如果拉近到短兵相接的距離，守備隊可能難免陷入苦戰。

守備隊的位置從奏太這邊看過去都是死角，看不見他們的身影。不過奏太是在干涉聲音之振動系魔法獲得高度天分的調整體魔法師「樂師系列」第二世代，發射非可聽域的高頻音再從音波反射得知物體的位置、形狀與行動，對他來說易如反掌。

也可以依照這些情報以魔法瞄準目標。

奏太不是瞄準寄生物的前方，而是朝著最後方發射非致命魔法「音響砲」。

不使用高殺傷力的聲子邁射，改為選擇非致命魔法的原因有三。

第一個原因，聲子邁射是單點狙擊，不能無視於對方察覺魔法發動而躲開的可能性。音響砲也是指向性的攻擊，不過作用範圍有一定的廣度。

第二個原因，是要測試寄生物的身體耐力。音響砲是讓人體功能暫時失常的魔法。如果寄生物的身體構造與強度和人類差不多，音響砲會發揮一如往常的效果。對人攻擊的招數是否對寄生物管用，應該會成為有助於今後戰鬥的情報。

第三個原因，是要拖慢寄生物的進軍速度。要是殺掉，對方只會扔下同伴的屍體向前，前進的速度或許反而加快。但如果是麻痺攻擊，就可以期待對方為了保護戰友而停下腳步。

奏太為了確定音響砲的效果，接著使出「主動聲納」的魔法。

◇　◇　◇

米瑪斯突然感應到頭上出現魔法氣息。雖說在頭上，卻不是他的正上方，是在兩列縱隊的尾端附近。

即使同樣是寄生物，能力規格也受到同化人類的水準影響。STARS隊員天生的素質水準，即使是衛星級也明確高於STARDUST。STARDUST的戰鬥力是以生化的強化手段強行提升，這種增幅部分沒反映在寄生物的能力。基於這個原因，所以只有亞歷山卓．米瑪斯捕捉到魔法發動徵兆。

寄生物共享意識，所以這個情報也瞬間傳達給另外八具。不過關於發動位置的情報，始終是從米瑪斯本人眼中的相對位置。

即使意識統一，身體也各不相同。

要是依照感應到的發動徵兆情報嘗試閃躲魔法，結果反而會招致混亂。

爆音從上方襲擊隊列尾端的兩人。

一人只被成塊的聲音擦過，但是「音響砲」正中另一人。

不只是聽覺，全身都遭受聲音蹂躪，精神與肉體的連結有好幾處被局部阻斷。

這份影響遍及共享意識的全體寄生物。

包括米瑪斯在內，現正共同行動的八具寄生物尤其受到嚴重影響。

正中魔法的個體，只是身體某些部分暫時動彈不得。

但是另外八具感受到像是肉體出現缺損的不舒服錯覺。

主體是精神生命體的寄生物，要和人類同化才能取得肉體，穩定存在於這個世界。只以精神體漂浮在這個世界，是一種不安定的狀態。寄生物之所以甘願被封進琵庫希或寄生人偶這種機械容器，也是因為這樣比單獨的精神體安定。

對於精神體來說，「不安定」就是「不安」。肉體對於寄生物來說是提供安定的東西，身體局部產生缺損意味著喪失容器，是令他們聯想到「不安定」的「不安」種子。

雖然應該出乎奏太的意料，不過「音響砲」激發寄生物強烈的憤怒與憎恨。

（我／個體名稱亞歷山卓．米瑪斯，要除掉這個敵人。）

偵測到魔法源頭的米瑪斯，告知要前去殺害奏太的決心。

（我／我們來輔助你移動吧。）

其他寄生物表達協助移動的意願。米瑪斯的魔法朝著「生體發火」特化，導致他利用魔法的機動力下降。

（那就移動吧。）

（那就助你移動吧。）

混雜主體與客體的意念交錯之後，米瑪斯的身體從路面消失。

◇　◇　◇

「什麼？」

（對方找到我了？）

某個特別強烈的氣息筆直衝向自己所在的糧食倉庫，使得奏太以聲音與意念大喊。

雙方距離約兩百五十公尺。要說這看在魔法師眼中等於零距離也太誇張了，要在這個距離感應到彼此的存在卻也不是難事。不過奏太發動奇襲時當然遵守準則，為了避免魔法發動地點，也就是自己的所在位置被對方察覺，一直用心減少自己的氣息（剩餘想子之類的精神能量）外洩。

然而這具寄生物無疑衝著奏太而來。這意味著這具個體的魔法知覺力優於他的躲藏技術。

雖然不是瞧不起對手，但奏太不得不承認「自己的認知過於天真」。

同時他也下定決心不逃跑，而是迎擊。要是放任這個敵人闖入，不知道會造成己方多大的損害。至少在負責這個地區的魔法師之中，戰鬥力最強的是奏太。「必須由我對付」的使命感令他留在原地。

奏太選擇迎擊所花的時間不到五秒。他下定決心的時候，對方的氣息已經進逼到面前。

（——就是現在！）

寄生物出現在奏太所在的屋頂。

奏太在同一時間使出「聲子邁射」。

米瑪斯跳躍兩次就抵達剛才發動奇襲的敵人面前。

這一瞬間，他感應到攻擊魔法發動，將雙手舉到要害前方。

保護心臟的左手臂產生高熱。

米瑪斯截斷左手的知覺。

左手臂燒到連手肘都焦黑之後，才認知到這記攻擊是瞄準心臟的「聲子邁射」。

魔法沒貫穿手臂是有原因的。雖然因為能力特化的影響造成其他技能打折扣，但他終究是以STARS正規隊員的魔法力架設真空護盾（這種防禦魔法是用來阻擋魔法攻擊裡最普遍的類型，也就是壓縮空氣彈這種以空氣為媒介的攻擊），加上美軍特殊部隊專用之前臂防護裝備的耐熱性能輔助，多虧這兩層防護才保住要害。

即使如此，依然是從手掌到手肘廣範圍三度燒燙傷的重傷。一般來說會劇痛到動彈不得。但是寄生物擁有截斷肉體知覺的能力，避免主體的精神體受到額外的打擊。即使可能因為來不及截斷知覺導致該部位殘廢，也不會因為持續疼痛而無法戰鬥。

米瑪斯為了搶先阻止敵人再次射擊，瞄準以手槍造型ＣＡＤ指向他的奏太右手，發動「生體發火」。

「咕啊啊啊啊！」

奏太發出哀號。他維持右手向前伸直的姿勢，雙腳跪地。

奏太並非毫無警戒。寄生物以左手為盾擋下「聲子邁射」之後，他也感應到對方想要使用反擊魔法的徵兆。

然而寄生物接下來的動作很快。奏太已經進入讀取啟動式的階段，準備發射第二發「聲子邁射」，卻依然是寄生物先完成魔法。

感覺不到灼熱。襲擊奏太的是劇痛。只有「疼痛」這個感覺占據他的心。

手臂被火焰籠罩是一瞬間的事。

在這短短的時間內，他的右手直到上臂中段都焦黑炭化。

右手已經沒有知覺。現在是肩頭傳來劇烈的疼痛。

右手所握的ＣＡＤ發出聲音落在倉庫的平面屋頂。和炭化的右手手指一起落下。

緊接著，手肘以下的部分也落下。落地的衝擊使得焦黑的皮膚與肌肉組織飛散，露出底下的白骨。

「——可惡！」

大概是因為目睹自己失去右臂，所以冒出更勝於疼痛的鬥志吧。

無意義的哀號化為鼓舞自己、詛咒敵人的臭罵，奏太打顫的雙腿使力站了起來。

蘊含在眼中的是鬥志與殺意，以及想要使用魔法的明確意志。

不過，在遭受疼痛侵蝕而無法使用ＣＡＤ的現狀，面對寄生物更不可能先發制人。

奏太還沒完成魔法式，寄生物——米瑪斯的魔法就發動了。

即使右臂燒燬，四葉的魔法師也沒喪失戰意。

不只如此，還想以失去一條手臂的狀態使用反擊魔法。

看到這副模樣，化為寄生物的米瑪斯也不得不佩服。

正因如此，這時候沒有放他一馬的選項。如此強悍的敵人要是扔著不管，會造成己方損害。

米瑪斯以現在自己能發揮的最強威力，建構「生體發火」的魔法式。

想要殺掉身負重傷的敵人——奏太，用不到這種威力。這是米瑪斯為這個值得致敬的敵人著想，想要瞬間取走性命以免他受苦。

化為寄生物的魔法師不必使用ＣＡＤ，魔法發動速度也提升。

雖然是注入過度威力的魔法，不過米瑪斯的「生體發火」比奏太正要建構的魔法更早完成。

米瑪斯使出「生體發火」。

奏太的全身瞬間燃燒倒下——本應如此。

「什麼？」

然而什麼都沒發生。明明確實傳來魔法發動的手感，卻在人體自燃現象成真的前一剎那被取消了。

魔法被消除。

被某人出手消除。

米瑪斯連忙轉過身去。

並不是感受到某種氣息。這完全是只靠直覺驅使的行動。

他的背後站著一個身穿戰鬥服，以裝甲保護要害的人影。

臉被頭盔遮住所以看不見。從身體輪廓來看，應該是男性。

空無一物的右手筆直伸向米瑪斯。

（這個男的——！）

雖然不知道是誰，但米瑪斯直覺理解到就是這個男人消除他的魔法。

米瑪斯的「生體發火」瞄準這名頭盔男。

這一瞬間，他忘記奏太的存在。

整個身體轉過去的米瑪斯，眼睛、耳朵、鼻子與嘴突然噴血。

米瑪斯的身體向前倒下。

他的後腦杓開了一個燒焦的洞。

如同見證敵人死亡而安心，奏太也同樣向前趴倒。

奪走米瑪斯性命的，是奏太擠盡最後力氣使出的「聲子邁射」。

以結果來說，被米瑪斯沒有實際發動的「生體發火」命中時，奏太依然沒停止建構「聲子邁射」的魔法式。

奏太以視線施放的「聲子邁射」漂亮貫穿米瑪斯的後腦杓，燒盡他的腦。寄生物臉部五官噴出的血，是因為腦漿沸騰而從頭蓋骨內部擠出來的血。

如果腦部被破壞，寄生物也會迎接「肉體層面的」死亡。

然而光是這樣，寄生物的主體「不會消滅」。只是鑽出屍體。

回復為精神體的寄生物，為了尋找宿主取代化為屍骸的肉體，嘗試附身在其他人類。直到數秒前都是「米瑪斯」的寄生物下方，倒著一具失去意識的人體。

寄生物依循「希望自身的存在能夠安定」的本能，想先逃進奏太的肉體。然而正要移動到奏太肉體的寄生物，其主體核心的靈子情報體突然失去了存在於這個世界所需的支柱，也就是想子情報體的「骨骼」。

存在的根基——想子情報體被「分解」粉碎。

用來依附這個世界的立足點被破壞，精神生命體像是被看不見的漩渦吞噬般消失。

寄宿在STARS衛星級魔法師亞歷山卓．米瑪斯士官長的寄生物，從我們的宇宙消滅了。

（確認寄生物消失。）

達也以「幽體消散」將寄生物「殺害」之後，左手從腰部抽出手槍造型ＣＡＤ——銀鏃改造版「三尖戟」，以這把愛機瞄準趴倒在地的奏太。發動「重組」。

達也在頭盔底下微微蹙眉。他追溯體驗到的痛覺，是將奏太右手燃燒時的痛楚濃縮成一百倍以上，他終究無法不當成一回事。

不過，達也對這股痛覺做出的反應僅止於此。

將奏太燒斷的右臂復元之後，達也操作頭盔側邊面板，和移動基地進行通訊。

「勝成表哥。」

『達也表弟，怎麼了？』

「堤奏太倒在糧食倉庫屋頂。請派救護班過來。」

通訊機隱約但確實傳來倒抽一口氣的聲音。

『——傷勢怎麼樣？』

「沒受傷，只是失去意識。」

『這樣啊。感謝。』

勝成無須聽說明也知道，奏太其實傷重到昏厥，是達也以魔法治癒的。

「我繼續掃蕩寄生物。」

『收到。』

達也現階段的職責是不放過寄生物的主體。從米瑪斯的例子就知道，光是殺死無法在真正的意義上除掉寄生物，寄生物只會鑽出屍體移動到下一個宿主。

同化的條件是「擁有強烈又純粹慾望的人類」，成為宿主的人類並非都會化為寄生物。然而即使同化失敗，寄生物主體也只會接連更換宿主，不會從這個世界消失。

從這一點來看，擁有「雲消霧散」與「幽體消散」的達也，可以將寄生物的肉體與主體全部消滅。

達也從糧食倉庫屋頂起飛，尋求下一個獵物。

◇　◇　◇

七具寄生物襲擊手持十字弓的守備隊。

守備隊扔掉十字弓，改以魔法直接射箭等方式反擊，但是狀況處於劣勢。一人接一人被寄生物的猛攻打倒。

「啊啊，又倒了！」

以避難所大型螢幕觀看這幅光景的艾莉卡，發出悲嘆的聲音。

「唔……援軍還沒到嗎？」

一旁的雷歐發出咬牙切齒的聲音，不甘心地扔下這句話。

「和我們先前對付的寄生物水準不一樣……」

相較於他們兩人，幹比古還算保持冷靜，卻依然藏不住驚愕。

「我忍不下去了！水波，開門！」

艾莉卡猛然站起來，朝水波大喊。

承受響亮聲音的水波，沒露出驚慌模樣。

「您要去哪裡？」

「那還用說嗎？去助陣！」

艾莉卡如此回答。

「您要去哪裡？」

對此，水波再度詢問完全相同的問題。

「呃……」

「島上現在共九處發生戰鬥。其中三處是我方屈居劣勢。不過援軍已經朝各處出發。戰況推測很快就會逆轉。」

而且在艾莉卡語塞的時候流利說明情勢。

「那麼，那個怎麼辦？扔著不管嗎？」

氣勢受挫的艾莉卡，以鬧彆扭般的語氣頂嘴。

「不，快了。」

水波的態度果然不慌不忙。

她不是看向艾莉卡，而是看向旁邊的控制台。大概是上頭顯示的資料給予水波自信吧。

「什麼快了？」

「來了。」

水波的視線從控制台的小型顯示器移動到牆上的大型螢幕。

艾莉卡也跟著移動視線。

然後，幾乎在同一時間——

身穿深色戰鬥裝甲的人影降臨在畫面中。

「達也同學？」

這套戰鬥裝甲是剛才達也身穿的。即使以頭盔遮住臉，艾莉卡他們也立刻認出這個人。

達也以空無一物的右手朝寄生物一揮。

光是這個動作，七具寄生物之中，半數以上的四具就消失了。

面向螢幕的三人睜大雙眼。

「那是什麼……」

雷歐愕然低語。

「達也大人的裝甲，內建完全思考操作型的ＣＡＤ。」

水波立刻加以解說。

但是這段解說無法消除他的疑問。

不，說起來，雷歐這句話不是詢問。

「這是魔法？這就是達也的魔法嗎……？」

幹比古的低語也不是詢問，不過水波規矩回應。

「非常抱歉，關於這件事，上頭沒有給我回答的權限。」

對於水波的回答，不只是幹比古，艾莉卡也沒表達不滿。

三人數度和達也一起上戰場。不過是第一次「詳細」看見達也戰鬥的樣子。

——第一次目擊他以「雲消霧散」消除「人類」的光景。

畫面中，達也再度揮手。

光是這個動作，剛才強勢壓制三十多人守備隊的寄生物，就消失到連一具都不剩。

緊接著，畫面切換到另一個場所。

沒人對此發出不滿的聲音。

「那叫做……那種東西叫做魔法嗎……？」

只有艾莉卡驚愕的呢喃通過所有人的耳朵，然後消失。

◇◇◇

達也看向七具寄生物的主體。

依然無法「看見」靈子情報體的構造。

不過至少知道某種東西位於該處，而且達也已經熟悉如何視認（以「目視」來「認知」）寄生物用來留在這個世界的想子情報體。

他從裝甲內建的CAD呼叫「幽體消散」的啟動式，進行讀取。

如今這個魔法也能和「雲消霧散」一樣順暢建構。

達也右手筆直高舉在頭上。不使用手槍造型的CAD，是因為寄生物不存在於物質次元，也沒和物質上的存在相連。在這種場合，特化型CAD的瞄準輔助功能反而會礙事，達也已經從經驗學習到這一點。

（靈子情報體支持構造分解魔法「幽體消散」——發動。）

瞄準所有共七具精神生命體，右手就這麼伸直向下揮到水平位置。

「幽體消散」發動了。

寄生物主體被看不見的漩渦吞噬。這道漩渦恐怕是次元通道，通往寄生物原本存在的世界。發揮「錨」的功能將寄生物繫留在這個世界的想子情報體被破壞，使得寄生物主體被拖回原本該去的世界。

七具寄生物消失。

從構成我們宇宙的物質次元與情報次元消滅。

寄生物因為達也的魔法而毀滅。

艾莉卡等人所在的避難所影像之所以切換，是因為不希望別人看見「幽體消散」這個魔法。尤其不該讓幹比古看見。這是真夜與本家技術人員的共識。

「幽體消散」是連本家都還沒徹底解析，雖然是間接卻能干涉精神的魔法。古式魔法師要是得知這個魔法，可能會編出改造型的術式威脅到四葉家。這是真夜等人的想法。

水波被嚴格命令要在寄生物肉體毀滅的階段切換影像，轉播系統也是這樣設定的。

湧向巳燒島的美軍之中，最強的敵人應該是STARS第六隊隊長——奧蘭多．瑞傑爾上尉率領的運輸艇。

美軍在編組奇襲作戰的部隊時沒有均分戰力。瑞傑爾的部隊也包含了同屬STARS第六隊的伊安．貝勒托立克斯少尉與山穆爾．厄尼拉姆少尉。大概是考慮到這三人原本就擅長聯手戰鬥，不過只有三人參加的STARS恆星級隊員整合在同一隊，戰力必然比其他部隊突出。

即使如此，瑞傑爾上尉指揮的登陸部隊卻在沿岸道路前進不得。

新發田勝成擋在瑞傑爾、貝勒托立克斯與厄尼拉姆面前。

「——好強。」

看著切換之後的影像，幹比古不禁感嘆。

「這傢伙也不是普通人啊……」

雷歐低聲這麼說，一旁的艾莉卡保持沉默注視螢幕。

現在攝影機轉播的畫面，是勝成走出移動基地之後率領守備隊戰鬥的光景。

「……櫻井，這個人是誰？四葉家隨便就是這麼厲害的人嗎？」

「新發田勝成大人是四葉分家的下任當家。據說他的實力在一族之中也位居前十。」

「唔嘿！四葉的十大高手嗎？但我接受了。我稍微放心了。」

聽到水波的回答，雷歐正如自己所說，發出鬆一口氣的聲音。

「瞧你說得這麼輕鬆。既然位居前十，就代表四葉家除了這個人，至少還有九人的實力和他相同水準吧？一點都不能放心喔。」

不過，艾莉卡打破沉默的這段話，使得放鬆的氣氛立刻消散。雷歐沒反駁，大概是重新思考之後認為艾莉卡的指摘很中肯吧。

「……可是，我不懂。既然擁有此等實力，應該可以在海岸線擊退吧？」

或者是因為思考轉移到其他焦點。

「大概是故意的。」

這次回應雷歐的不是水波，是艾莉卡。

「我也這麼認為。」

幹比古同意艾莉卡的推測。

「為什麼？」

「製造證據。」

「啊？」

艾莉卡的回答，使得雷歐發出疑惑的聲音。

「這是在讓我們成為證人。證明他們是遭到非法入侵才開始反擊。」

幹比古轉身向雷歐說明。他眼中隱含的光芒嚴肅到可以形容為萬不得已。

「畢竟我們是自願當證人啊。雖然不甘心，但也不能抱怨什麼。啊哈哈。」

艾莉卡發出乾笑聲。她的視線連一瞬間都不曾移開影像，也絕對沒有朝雷歐或幹比古轉身。

面對激烈到超乎預料的抵抗，瑞傑爾無法壓抑焦慮的心情。

他是寄生物。瑞傑爾的慌張傳達給同為寄生物的貝勒托立克斯與厄尼拉姆，也傳達給其他寄生物。

指揮官嚴禁對部下露出慌張情緒。瑞傑爾明知如此，焦躁卻有增無減。

他選擇的登陸地點不是距離運輸艇航線最近的巳燒島東側港灣區域，而是北岸的道路。因為這次的目標不是破壞島嶼東側正在建設的設施，而是暗殺推測位於西岸的魔法師。

如果在東岸港灣登陸，就必須經過已經完工或是正在建設的許多建築物之間。能讓迎擊部隊藏身的掩體也很多。

就算這麼說，直接從西岸登陸也不是上策。已知西岸的建築群是以前用為魔法師監獄的堅固建築，防範逃獄的槍砲武器也很齊全吧。

相對的，北岸道路是連接西側前監獄設施與東側恆星爐設施，視野良好的車道。走這裡就不必擔心伏兵，也不必提防朝海面設置的火砲。目標對象也很可能為了迎擊而主動現身。

瑞傑爾如此判斷，將登陸地點定在北岸偏東的位置。雖然跨越消波塊費了一番工夫，不過越過之後就沒有迎擊的砲火或魔法，運輸艇順利靠岸。

直到登陸都順利到過於順利。現在回想起來，當時應該懷疑「太簡單了」才對。

駕駛船員留在運輸艇上，登陸部隊所有人翻越堤防站在道路上的瞬間，夾雜著碎石的爆風襲擊他們。

朝登陸部隊使用的，是最普遍用為攻擊手段的魔法——壓縮空氣彈。應該是將打碎的熔岩混入壓縮空氣塊，在中彈的同時解放壓縮狀態，以爆風射出碎石。

連同空氣塊發射釘子或鐵片提升魔法攻擊力，是在戰場上普遍使用的技術。這座島幾乎是以冷卻的熔岩形成，碎石的材料要多少都可以準備。光是沒將熔岩加熱再射過來，甚至就可以說已經基於人道考量了。

不過這波攻擊導致登陸部隊的半數失去戰鬥力。倖存的是敏銳捕捉到魔法氣息而架設護盾的魔法師，以及可以無視於區區碎石傷害的寄生物。非魔法師的兵士全倒。雖然死者不多，但是傷者全身各處被冷卻的熔岩碎石插入，渾身是血倒地呻吟。

瑞傑爾也不是坐以待斃。如前面所述，這個場所視野良好。登陸時看不見山丘另一頭挖洞藏身的敵人，但如今看得見他們為了追擊而爬出壕溝。

瑞傑爾命令部隊反擊，自己也朝敵方施放魔法。

然而站在迎擊隊前方的高大青年魔法師擋下他的魔法。

瑞傑爾自己的身高是一七五公分的平均水準，部下厄尼拉姆少尉是一八三公分，貝勒托立克斯少尉是一八四公分。

但是擋下他魔法的青年更高。恐怕將近一九〇公分吧。在敵人之中也是鶴立雞群。大概也因為對方站在比道路高的山丘斜坡，就瑞傑爾看來真的像是「矗立在前方」。

「這是哪門子的魔法力！」

走到身旁的貝勒托立克斯咒罵聲傳入瑞傑爾耳中。瑞傑爾也完全同感。

現在明明加上厄尼拉姆共三人聯手發射魔法，青年魔法師的防禦卻文風不動。不只如此，即使是三對一，為了阻擋青年抓準空檔發射的魔法，瑞傑爾、貝勒托立克斯與厄尼拉姆每次都得中斷攻擊專注防禦。

（我／我們要使用「降雷」。配合我們。）

（收到。）

（收到。）

瑞傑爾等人透過寄生物之間的共享意識算好時機，同時朝青年魔法師——勝成使出釋放系魔法「降雷」。

或許該說不愧是STARS的恆星級，不同於衛星級的米瑪斯，這三人能使用的魔法並沒有明確受限，也就是沒因為化為寄生物而受到負面影響。

不，或許稍微造成影響。不過這三人原本能使用的魔法種類就多，因此只是沒有明顯成為缺陷吧。

總之，三人選擇同一種魔法，避免魔法式相互干涉削減威力，成功將威力相加打向對手。

可惜沒有基於相乘效應成為三的三次方，而是單純的威力加總。即使如此，比起單獨攻擊依然是大約三倍的威力，這道電擊從正上方襲擊勝成。

勝成將這道電擊「扭曲」了。

連一步都沒動，也沒搖晃身體，而是改變空氣的電阻分布，讓不遠處的地面吸收電子束。

而且在雷光消失的瞬間，勝成的反擊襲向瑞傑爾等人。

三人突然感受到全身遭到壓迫。他們各自反射性地架設抗壓力護盾之後，察覺這股壓迫感的真面目。他們周圍的氣壓上升了。

他們架設護盾完畢的下一剎那，氣壓像是呼應般進一步急遽上升。

（展開「冷卻領域」。）

（展開「冷卻領域」。）

（展開「冷卻領域」。）

瑞傑爾的命令成為三人同時的思考，使出完全相同的魔法。

溫度比壓力上升得更為劇烈，因此他們在自己周圍形成降低氣溫的力場應對。

如今高溫比壓力更具威脅。三倍程度的氣壓，只要在身體適應速度的極限之內就撐得住。然而比起空氣加壓，事後（世界為了消除矛盾）發生的高溫超過攝氏六百度，即使是寄生物的身體也撐不住。

——勝成擅長的魔法是「密度操作」。嚴格來說是「密度與壓力操作」。在自然狀態以比例形式變動的密度與壓力，他能藉由魔法分別操作。不變更壓力操作密度、不變更密度操作壓力、同時操作密度與壓力，使用方式是以上三種。在這次的狀況是不變更空氣密度而增加壓力。

相較於達也的「分解」或深雪的「廣域冷卻」，這種魔法乍看感覺不太亮眼。不過即使是區區三倍的加壓也能發揮此等殺傷力。勝成被評價為「只論單純的魔法戰鬥力是四葉分家最強」其來有自。

三具寄生物為了逃離高熱，將大部分魔法力用在「冷卻領域」。多虧這樣，和他們接觸的空氣和外部氣溫一樣維持攝氏三十度左右。

但或許該說理所當然吧，勝成的攻擊並非到此為止。

束縛他們的壓力突然消失。

並不是高壓狀態解除。氣壓與氣溫在魔法結束而復原之後，因為密度瞬間下降而減壓。

密度下降造成「事後」的空氣膨脹，以他們為中心產生爆風，震倒附近的登陸部隊成員。位於中心的瑞傑爾等人，周圍的氣壓與氣溫驟降。

氣壓降到通常的三分之一，氣溫是零下五十度以下。正在展開「冷卻領域」的三人——三具寄生物，無法應對這種溫度變化。

寄生物的肉體被細小的冰珠覆蓋凍結。

但是瑞傑爾還沒死。

直徑約五十公分的岩塊，成群落向包括瑞傑爾等人在內的登陸部隊。是勝成的部下趁著敵方混亂發射的。

處於凍結狀態的瑞傑爾，將筆直射向他的岩塊在一公尺前方彈開。這麼做的結果也保護了身旁的貝勒托立克斯。

不只如此。瑞傑爾融化自己凍結的身體。大概是凍結僅止於身體表層吧。他立刻採取行動，確認部下的安危。

繼瑞傑爾之後，貝勒托立克斯也自行擺脫凍結狀態。

「伊安！」

看見這幅光景，瑞傑爾不是以意念，而是以聲音叫出貝勒托立克斯的名字。

「隊長，謝謝您。」

貝勒托立克斯回話感謝。即使在凍結狀態，他也知道瑞傑爾剛才保護他不被岩石彈攻擊。

瑞傑爾向貝勒托立克斯點點頭，轉向另一側。

「山姆！」

然後悲痛大喊。

山姆——山穆爾．厄尼拉姆的頭部被岩石壓爛。

運氣不好被岩石彈直接命中。無須確認。他是當場死亡。

親眼認知這一點，瑞傑爾終於察覺共享的意識斷線。失去同化的宿主之後，寄生物的主體就失去人類的思考能力。處於和人類同化狀態的寄生物，只能感應到其主體的存在，以及基於本能發出的靈子波訊號。

「伊安，我們上！」

「是，長官！」

他們之所以用聲音溝通，或許是不想感受到厄尼拉姆的意識消失吧。

瑞傑爾與貝勒托立克斯同時奔跑。

別名「獵戶組」的第六隊，原本擅長的戰鬥形式，是活用自我加速魔法的高機動力進行近身戰。直到剛才始終在中程距離互射，是因為不能無視於和登陸部隊成員之間的合作。

然而失去厄尼拉姆之後，瑞傑爾與貝勒托立克斯都拋棄了對於其他隊員的顧慮。他們在報仇心的驅使之下，只鎖定勝成為目標——直接殺害厄尼拉姆的魔法並非勝成施放的，不過打造這種狀況的無疑是他。

瑞傑爾他們眨眼之間接近勝成。勝成的部下也不是袖手旁觀，卻沒人追得上瑞傑爾與貝勒托立克斯的動作。

然而，兩具寄生物在距離只剩五公尺的時候突然失去平衡。

雖然沒摔倒，卻原地踏步拖慢腳步。

他們的腳底留下大大的腳印。仔細一看，以勝成為中心的半圓區域，熔岩原化為柔軟的砂。

這也是「密度操作」的結果。讓周邊地面的密度降低，構成熔岩原的玄武岩因而風化。

瑞傑爾與貝勒托立克斯的機動力降低，勝成直屬的魔法師——新發田家精銳們多采多姿的魔法殺向兩人。

即使是STARS的恆星級隊員，也不可能完全防堵這些攻擊。

傷害不斷累積，貝勒托立克斯首先無力倒在化為砂原的地面，接著瑞傑爾雙腳跪下。

給予致命一擊的是勝成的魔法。

寄生物的身體被密度愈來愈小的砂子吞沒，緊接著被回復密度的玄武岩壓毀。

「好殘忍……簡直是流砂坑吧？」

看見勝成除掉寄生物的影像，雷歐露出憔悴表情傻眼呢喃。

僅止於「傻眼呢喃」，應該是因為他的膽子比別人大一倍吧。

看見相同影像的幹比古一臉作嘔的樣子，連艾莉卡也臉色蒼白。

螢幕影像在這時候切換到另一個戰場。

雙手捂嘴勉強免於出醜的幹比古，忽然露出好奇的表情看向水波。

「這麼說來，寄生物的主體會怎麼樣？破壞肉體之後鑽出來的主體要是沒封住，肯定不算是真正打倒吧？」

「寄生物主體會由達也大人處分。」

對於幹比古的問題，水波沒隱瞞事實如此回答。

「啊啊，封玉嗎？說得也是，用那個魔法就沒問題吧。」

「封玉？」

「封玉是什麼？」

幹比古回答雷歐與艾莉卡發出的疑問，一旁的水波保持沉默。

水波誠實回答由「誰」處理寄生物，但是關於處理的「方法」，她遵照本家的命令沒說明。

上午九點三十分。巳燒島上持續激戰中，但海上也出現變化。

停泊在島嶼東方三十公里處的驅逐艦「赫爾號」與停泊在島嶼西方三十公里處的驅逐艦「羅斯號」上空，出現巨大的氫元素等離子雲。

不用說，這不是自然現象。是兩名魔法師造成的人為現象。製作東側等離子雲的魔法師名為米吉爾·迪亞斯，西側的魔法師是安東尼奧·迪亞斯。兩人是同卵雙胞胎。

一模一樣的兩兄弟編織出來的魔法尚未完成。一度成長到直徑五十公尺的等離子雲，在數秒內縮小……更正，是壓縮到直徑五公尺。

壓縮為完美球狀的等離子雲，完全在同一時間以同一速度開始飛馳。

驅逐艦「赫爾號」上空的等離子雲往西。

驅逐艦「羅斯號」上空的等離子雲往東。

兩朵等離子雲以十倍音速以上的速度，沿著正面衝撞的軌道突進。

達也在掃蕩寄生物主體湊巧告一段落的時間點，察覺在東西兩側海面發動的魔法。

（要讓高密度的氫元素等離子雲在巳燒島上空相撞？）

（約六秒後相撞。）

（以這個速度相撞也不會引發核融合，不過要是在相撞的時間點持續朝兩側施加壓力就另當別論。）

（這是……同步線性融合？）

思考到這裡的時間約一秒。距離相撞剩下五秒。

雖然沒時間推算詳細的爆炸威力，不過從巴西的使用案例來看，換算成ＴＮＴ至少數千噸，或許達到數萬噸。

達也毫不猶豫決定以「術式解散」使其失效。

（魔法的組成要素是等離子化、擴散防止、移動。）

（使用的兩個魔法式，除了移動方向相反，其他部分完全相同。）

——第一階段，分析要使其失效的魔法式。

（從這個魔法性質推測，只要消除其中一邊的魔法式，就能阻止魔法發動。）

（不過，這時候要消除兩邊的魔法式。）

——第二階段，瞄準要使其失效的魔法式。

——然後是最終階段。

（術式解散，發動。）

這一瞬間，在巳燒島上空以超音速飛行中的發光體消散了。

……題外話，透過衛星觀測伊豆群島海域的氣象台，熱烈討論不合時宜的UFO騷動。

在USNA驅逐艦「赫爾號」產生的騷動，可不像氣象台那麼悠哉。

「同步線性融合失效了！」

「失效？不是失敗嗎？」

「不是！是遭到某人干涉而失效！」

輔助操作米吉爾．迪亞斯CAD的魔法技術人員激動地爭相發言。

此時驅逐艦「羅斯號」要求和米吉爾通訊。

『米吉爾，是我。』

「安東尼奧嗎？」

通訊對象是米吉爾的雙胞胎弟弟，發動同步線性循環所需的搭檔——安東尼奧．迪亞斯。

『米吉爾，這是怎麼回事？我們的魔法居然失效，我沒聽說過這種事啊？』

「我也一樣。安東尼奧，我們再來一次！」

『明明不知道失效原因啊？』

「就是因為不知道，所以這次要讓技術人員確實觀測再使用。」

『如果再度失效，這次就觀測得到原因是吧？』

「只要知道對方是以何種方法失效，也可以擬定對策。」

米吉爾．迪亞斯說的擬定對策，並不是要讓本次的作戰成功，反倒是為了下一個戰場。

如果某個手段能讓「同步線性融合」失效，就必須找出讓這個「失效手段」失效的方法，否則會撼動「他們兩人」的存在意義。

『說得也是。』

安東尼奧大概也在想同樣的事，立刻回話同意米吉爾的提案。

『這也是為了今後——』

然而後續的話語不自然地斷絕。

「安東尼奧？」

雖然聽不清楚內容，不過揚聲器傳來喧囂聲，所以不是通訊中斷。

「怎麼了，安東尼奧！」

『迪亞斯少校……』

回應米吉爾這聲叫喊的人，不是弟弟安東尼奧。

米吉爾被不祥的預感襲擊，倒抽一口氣等待下一句回應。

『那個……安東尼奧先生突然消失了。』

「……你說什麼？」

『安東尼奧．迪亞斯先生留下小規模的爆風，一瞬間就消失了！』

米吉爾無法立刻理解對方在說什麼。

「……意思是我弟弟被炸死嗎？」

『不，應該不是。別說屍體碎片，連一滴血都不留。想說他的身體輪廓在晃動，接著就擴散到風中消失了！簡直像是他本人化為一陣風！』

「…………」

『迪亞斯少校，到底發生了什麼事？這是兩位的魔法嗎？少校讓瞬間移動魔法成真了嗎？』

「……不，不是這樣。我什麼都不知道……」

困惑傳遍兩艘驅逐艦。

驅逐艦「羅斯號」技術人員所說「化為一陣風消失」這句話其實一針見血，但是兩艘艦上沒有任何人將這種事當真。

（確認目標消滅。）

以「雲消霧散」葬送安東尼奧．迪亞斯的達也，將右手的「銀鏃」收回腰部槍套。

（話說回來，同步線性融合原來是兩人一組發動的魔法……）

島上依然持續進行激烈的戰鬥，現狀不該悠哉考察魔法。

達也明知這一點，卻忍不住思考剛才所得到，關於戰略級魔法「同步線性融合」的祕密。

（使用完全相同的魔法，讓等離子塊朝著彼此飛行，正面相撞嗎……）

（只要軌道或時間點稍微出錯，這個魔法就不會成立。）

（或許兩個魔法注入的事象干涉力也必須一致。）

（實際上，我剛才觀測米吉爾．迪亞斯的魔法與安東尼奧．迪亞斯的魔法，兩者內含的事象干涉力水準完全一致。）

（我認識的魔法師之中，可能符合這些條件的魔法師，我想想……）

（如果是香澄與泉美這兩人，或許可以使用。）

『達也大人。』

在姑且做出像是結論的結論時，達也收到深雪的通訊。

「深雪，怎麼了？」

通訊的時間點剛好協助達也擺脫「雜念」。達也一邊回話，一邊將「同步線性融合」相關的考察收進魔法技術相關的記憶庫，重新將注意力集中於正在進行的戰鬥。

『剛才我從停泊在島嶼東西兩側的驅逐艦，感受到強大的魔法力。我認為這是針對我們的攻擊，是達也大人擋下的嗎？』

「這兩個推測都正確。驅逐艦上發動了同步線性融合，我以術式解散使其失效。」

『同步線性融合！巴西的米吉爾・迪亞斯加入這場戰鬥嗎？』

「沒錯。但是不必擔心。身為『戰略級魔法師的迪亞斯』已經失去戰力。」

『謝謝您。不愧是達也大人，每次都展現高超的手法……為求謹慎，比起兩棲突擊艦，我想先剝奪那兩艘驅逐艦的行動能力，您意下如何？』

「我認為這是妥當的判斷。動手吧。」

『那我立刻著手處理。』

「嗯，拜託了。」

『遵命。』

隨著這句恭敬的話語，司令室結束和達也的通訊。

十秒後，達也感應到島嶼西岸的司令室施放強大的魔法。

◇　◇　◇

深雪將指揮官桌上的瞄準輔助懸臂展開完畢。

懸臂上安裝了小巧尺寸的特化型ＣＡＤ。

司令室主螢幕顯示的畫面，則是從上空捕捉到的ＵＳＮＡ驅逐艦「赫爾號」。雖然是東方海面三十公里處的影像，解析度卻無從挑剔。

直到剛才，「這是從哪裡拍攝的？」的疑問都留在深雪意識角落，但現在的她毫無雜念。達也傳給她「拜託了」這三個字，使得她的注意力完全集中在接下來要發動的魔法。

深雪可以說進入某種傳思狀態吧。極度集中精神，使得她脫俗的美貌看起來更是脫離人類範疇，超越人類。

司令室內無風。控溫方式是從外側冷卻天花板。即使如此，坐在指揮官座位上，背部沒接觸椅背的深雪，長髮末梢卻微微飄動。

ＣＡＤ瞄準螢幕上的驅逐艦。深雪維持著挺直背脊的端正姿勢，以完全沒使力的動作握住了ＣＡＤ握把，就這麼不發一語輕輕扣下扳機。

機械性的程序全部自動處理。沒有逐一出聲回報處理內容。司令室的戰術電腦將座標資料變換為啟動式的格式傳送到ＣＡＤ，和ＣＡＤ本身展開的啟動式一起被深雪讀取。

這把ＣＡＤ能選擇使用的魔法只有一種。

瞄準工作由機械代勞。

為了減輕術士的負擔，這個新魔法省略了指定範圍的程序。以準心為中心，依照投入的事象干涉力設定半徑形成的圓形領域，就是魔法的效力範圍。

深雪只需要決定以何種程度的威力施放魔法。

也因為這是第一次實際使用，所以她決定以八成威力發動魔法——除了精神凍結魔法「悲嘆冥河」，她鮮少從自己內部拿出八成的事象干涉力。

魔法式建構完成，「第一個」魔法式命中目標。深雪確實感受到這個手感。

魔法效果沒有立刻顯現。改寫的事象塗改現實，是在魔法發動約零點八秒之後。考慮到魔法發動速度的標準姑且設為零點五秒，這個魔法有點慢。

然而在司令室觀看主螢幕的所有人，都沒有餘力進行這種無意義的思考。螢幕展現的光景只令眾人倒抽一口氣。

整面的冰。

填滿畫面的冰原。

在盛夏海面出現的不是冰之島嶼，是冰之大地。

將驅逐艦「赫爾號」囚禁在中央的冰之大地瞬間擴散，成長到半徑十公里。明顯比這座巳燒島還大。

達也專為深雪創造的新魔法「冰河期」。

正如其名，與其說是召喚出極北嚴冬期，更像是召喚出冰河期世界的這個魔法，用來對付一艘驅逐艦，怎麼看都是威力過剩。

這個魔法適合用來封鎖整支大規模艦隊。

一發動就能讓大規模艦隊無法行動的魔法。

如果一發動就能毀滅艦隊規模海上戰力的魔法叫做「戰略級魔法」，那麼即使有著「毀滅」與「失去戰力」的差異，這應該是戰略級魔法吧……

終於可以從填滿主畫面的震撼光景移開視線的職員們，以畏懼的眼神看向坐在司令室最深處的深雪。

唯一保持冷靜精神狀態的深雪，誤以為小組成員們的視線是在要求後續的指示。

「請在主螢幕顯示西方三十公里海面上的驅逐艦。」

「呃，是！」

聽到深雪的「命令」，負責索敵系統的職員連忙重新面向控制台動手操控。

封鎖驅逐艦「羅斯號」的冰島是半徑五公里，箝制兩棲突擊艦「關島號」的冰原是半徑一公里。看來深雪在第三次才終於掌握到力道的拿捏。

短短不到一分鐘，ＵＳＮＡ奇襲部隊的海上戰力完全報廢。

（雖然已經預測到某種程度……不過這完全是戰略級的水準。而且超過創始者的規模……）

「看見」深雪發動的「冰河期」，達也暗自頭痛。

浮現在達也腦海的比較對象，是貝佐布拉佐夫的「水霧炸彈」。嚴格來說是拿「水霧炸彈」使用的連鎖演算規模，和深雪在「冰河期」用來增殖魔法式的連鎖演算規模做比較之後的獨白。

（雖然沒有散發多餘的魔法力，不過那個魔法式連鎖展開系統出自貝佐布拉佐夫之手。那個人應該會察覺「冰河期」使用到連鎖演算。）

而且肯定會察覺深雪「冰河期」增殖魔法式的規模超越他的「水霧炸彈」。

（感覺那個男人的自尊心很強……但願不會激發他的競爭心態造成困擾。）

達也即使如此心想，內心一角也確信貝佐布拉佐夫會介入這場戰鬥。

◇　◇　◇

（又來了！又「被偷了」！）

正如達也的猜想，貝佐布拉佐夫感應到「冰河期」的發動。但他暴怒的重點和達也的推測不太一樣。貝佐布拉佐夫氣的是他發明的魔法「水霧炸彈」有一部分被用在這個魔法。

達也（個人）稱為連鎖演算的這個魔法式連鎖展開系統，對於貝佐布拉佐夫來說不是獨立的技術，始終只是「水霧炸彈」的一部分。就他看來，一条將輝使用的「海爆」與深雪的「冰河期」都是盜用「水霧炸彈」程序的魔法。

開發為軍事用途的魔法不會公開，所以也沒有專利之類的智慧財產權。別說一部分，即使魔法的所有程序都被沿用，也無法主張對方侵權。

然而在心情上是另一個問題。

即使無權受到法律保護，自己原創的作品被人擅自使用肯定不是滋味。如果擅自使用的是可恨的敵人更不用說。

貝佐布拉佐夫原本在七月三十日的階段就打算介入克拉克的巳燒島奇襲作戰。不對，形容為「搭順風車」或許比「介入」來得妥當。

再怎麼出其不意，光是以魔法攻擊司波達也並不管用。雖然承認這一點令人生氣，卻也必須面對這個事實。貝佐布拉佐夫的矜持不容許自己繼續敗北。他下定決心這次一定要確實除掉司波達也。

出其不意之所以不管用，貝佐布拉佐夫推測是因為自己的魔法波動被察覺。攻擊伊豆的那次奇襲，擋住第一下的人不是司波達也。不過第二下之後，「水霧炸彈」還沒完成就慘遭反擊。貝佐布拉佐夫認為大概是魔法會依照發動的魔法師產生固定的波形，司波達也以這種波形來辨別。

——既然這樣，在強力魔法紛紛交錯的戰場上，只要打造出必須應付其他緊急事件的狀態，奇襲就不會被察覺，因而成功抹殺司波達也吧？

這是貝佐布拉佐夫做出的結論。他按照這個點子，虎視眈眈伺機而動。

使用「水霧炸彈」技術的大魔法在這時候出現。貝佐布拉佐夫火冒三丈，另一方面也在內心大喊：「這是機會！」

貝佐布拉佐夫要求軍方司令部執行預先準備好的計畫。

東西伯利亞軍方司令部依照接到的命令，從哈巴羅夫斯克西方兩百五十公里處的比羅比詹飛彈基地發射超高音速飛彈。目標是巳燒島。速度超過二十馬赫，距離命中不到五分鐘。

日本的國防軍偵測到飛彈發射，卻在中途「放棄」預測彈著點與迎擊。即使是現代技術，成功擊墜超高音速飛彈的可能性也只有五成左右。確定飛彈不會落在本州的時間點，國防軍就暗忖與其強行擊墜，讓飛彈落到「領海」當成外交材料才是上策。

比羅比詹基地發射超高音速飛彈的三分鐘後，這次是躲在巳燒島南方四十公里海中的「庫圖佐夫號」上浮到五十公尺的深度，接連發射艦對地飛彈。

「庫圖佐夫號」是新蘇聯最先進的飛彈潛艦。原本也可以從更深的位置發射飛彈，但這次比起隱密性更重視確實性，所以選擇進行低深度短距離的攻擊。

發射的飛彈共六枚。飛彈最終加速到二馬赫，將在大約一分半之後命中巳燒島西岸。

◇◇◇

達也「精靈之眼」的可用資源，總是分出一半用來監視深雪身邊的威脅。監視對象是可能危害深雪的物質現象與魔法徵兆。這不是預知，所以如果是跳過空間距離突然顯現的遠距離魔法，可能直到眼前才能察覺，但如果是在物理空間連續移動接近的物體或現象，在開始朝深雪移動的時間點，達也就幾乎可以確實掌握。

現在也是，包括比羅比詹基地的超高音速飛彈，以及潛艦「庫圖佐夫號」的艦對地飛彈，達也都在飛彈發射的時間點認知完畢。射向巳燒島的這些飛彈，他之所以沒在發射之後就破壞，是因為覺得應該等到最後一剎那。

沒有具體根據，只是直覺。他自信即使在最後一剎那也來得及處理才敢這麼做，可以說是一種賭博。

只不過，時間沒有充裕到能夠「等待」。

飛彈接近到島嶼上空。

（極限了嗎……）

達也沒拔出「銀鏃」，使用裝甲內建的CAD發動「分解」。

空著的雙手也沒用來輔助瞄準。純粹只以魔法層面的知覺鎖定目標。

首先將六枚艦對地飛彈分解到元素層級。

接著立刻以魔法瞄準超高音速飛彈。一般兵器體系的迎擊系統連要追蹤這種飛彈都很難，不過達也瞄準的是「超高音速飛彈」這個情報，所以對他來說和靜止目標沒有兩樣。

和艦對地飛彈一樣，這些飛彈也不是核彈。

也不像化學兵器或生物兵器，內含核子以外的有害元素。

狙擊巳燒島的飛彈，都在即將抵達島嶼上空時分解為近乎「微塵」（佛教用語）的微粒子。

◇　◇　◇

設置在哈巴羅夫斯克的「水霧炸彈」專用大型CAD，輔助貝佐布拉佐夫感應到達也在巳燒島上空施放的魔法。

將艦對地飛彈粉碎到連碎片都不留，近乎分子的層級，是投入極強事象干涉力的魔法。

（好，正如計算！）

既然使用了如此「強烈扭曲現實」的魔法，即使這是自己的魔法，肯定也會變得難以識別其他的魔法。

包括貝佐布拉佐夫在內，對於現代的魔法學者來說，這都是一般性的想法。

（凍結ＵＳＮＡ艦艇那個大魔法的影響肯定也還在。）

（現在是好機會！）

貝佐布拉佐夫冒出這個想法，是在潛艦「庫圖佐夫號」發射的飛彈被破壞之後，比羅比詹基地發射的飛彈即將被破壞的一瞬間。

「水霧炸彈」的發動準備已經完成。

（死吧！）

貝佐布拉佐夫施放「水霧炸彈」時，正好是達也以魔法將超高音速飛彈破壞完畢的瞬間。

以超高音速飛彈為對象使出「分解」的同時，達也捕捉到「還沒發動的」魔法徵兆，以右手抽出「銀鏃」。

一個動作就將手指放在大型手槍造型ＣＡＤ扳機的右手筆直高舉在頭頂，朝空中扣下扳機。

「水霧炸彈」是無數魔法式的集合體。而且這些魔法式各有微妙的差異，無法視為群體一次

分解。以達也的「術式解散」可以消除一部分，但是剩下的無數魔法式會獨立發動。單純來說只能將百分百的威力減少到百分之九十九。

然而這個魔法式連鎖展開系統，達也命名為「連鎖演算」的整個程序是從單一魔法式開始。只要在開始進行連鎖之前，將堪稱「原版」的初始魔法式破壞，就可以完全癱瘓「水霧炸彈」。該分解的魔法式構造已經在之前的交戰取得，所以只要在「魔法施放之前」得知第一個魔法式出現的座標，就可以使其失效。

就像現在這樣。

——「水霧炸彈」，發動。

——「術式解散」，發動。

複製魔法式，改寫之後設置在鄰近座標。

這段程序還沒完成，達也的情報體分解魔法就將這段改寫程序連同「原版」的魔法式分解。

貝佐布拉佐夫的「水霧炸彈」被達也完封了。

◇　◇　◇

（沒發動……？）

（水霧炸彈被消除了……？）

確定已經發動的「水霧炸彈」手感消失，貝佐布拉佐夫陷入極度的驚慌。

（怎麼可能！到底怎麼做的？）

（多達數千的各個魔法式，他全部破壞了？）

（不可能。以人類的處理能力，不可能做得到這種事！）

（那麼他使用了哪種詭計？）

（是寫出高速侵蝕魔法式的病毒嗎？）

堪稱自身存在意義的魔法沒發動，貝佐布拉佐夫的意識完全被剝奪。

「無法相信」與「不願相信」這種直率的情感，不容許逃避現實的科學家矜持。貝佐布拉佐夫夾在兩者之間左右為難。

為了在情感和矜持之間找到平衡點，只能以科學方式說明「水霧炸彈」的失敗，藉以讓自己接受。

他沒察覺。

沒察覺自己已經被魔法鎖定。

沒察覺槍口朝向他的心臟，扳機正要在這一瞬間扣下。

六月下旬在上課中的一高被貝佐布拉佐夫鎖定時，達也就已經取得這名俄羅斯魔法師的個體情報。

在年僅六歲的幼年期，達也被當成人造魔法師實驗的白老鼠，由親生母親親手改造精神，副作用就是再也和遺忘無緣。這絕對不是只有好處沒有壞處，不過在這之後的達也，無論是多麼複雜的情報或多麼大量的資料，他都能自由又正確地從記憶裡拿出來。

達也根據貝佐布拉佐夫的個體情報，查出他位於哈巴羅夫斯克的研究所。如果兩個月前遇襲的記憶沒留下來，應該無法這麼輕易找到吧。剛分解掉的「水霧炸彈」殘骸漂浮在情報次元，所以只要利用這些殘骸肯定找得到他，卻不可能在這麼短的時間查出所在位置。

在尋找的時候，或許會發射第二波、第三波飛彈過來。資源被挪去處理飛彈，變得無法充分偵察的可能性也不低。

貝佐布拉佐夫位於形狀像是小型天文台的堅固建築物，坐在像是火車貨櫃的箱形ＣＡＤ裡。構造比之前「看見」的ＣＡＤ單純，不過基本功能似乎相同。

上次僅止於破壞連接中的ＣＡＤ，打擊他的內心。那是為了避免擾亂世界軍事平衡。

然而已經不能講得這麼天真了。

或許結果會招致比現在更為嚴苛的未來，但是為了達也自己與深雪，非得斬斷和貝佐布拉佐夫的這段過節。

達也如此下定決心。

（取得研究所魔法防禦狀態的相關情報。）

（取得貝佐布拉佐夫本人魔法防禦狀態的相關情報——個人用的領域干涉不存在。）

達也將ＣＡＤ收回槍套，右手臂朝向北北西，貝佐布拉佐夫所在的方向。因為從觀測的結果得知，接下來要進行的攻擊，使用裝甲內建的思考操作型ＣＡＤ會比「銀鏃」適合。

達也伸直的右手，像是展示拳頭般緊握。

（領域干涉分解魔法式，建構——完畢。）

握拳的右手伸出食指。如同在數著「一」。

超越大約一千七百公里的距離，發動情報體分解魔法。

環繞貝佐布拉佐夫研究所的領域干涉力場消失。

（情報強化分解魔法式，建構——完畢。）

右手就這麼伸直食指，伸出中指。

發動讓情報強化失效的魔法。研究所的樓頂與牆壁，所有建材對於魔法形式的攻擊變得毫無防備。

（建物構造情報分解魔法式，建構──完畢。）

伸出右手無名指。伸直的手指共三根。

發動物質分解的魔法，一千七百公里的遠方，外型像是天文台的研究所，在揚起的粉塵中消失得無影無蹤。

（CAD構造情報分解魔法式，建構──完畢。）

第四根是小指。

發動物質分解魔法。貝佐布拉佐夫藏身的大型CAD，和研究所一樣化為粉塵。

（個人用情報強化分解魔法式，建構──完畢。）

伸直拇指。達也的右手成為五根手指全部伸直的狀態。

發動的情報體分解魔法，將保護貝佐布拉佐夫身體的情報強化全部剝除。

（肉體構造情報分解魔法式，建構──完畢。）

達也再度緊握右手。宛如要捏爛看不見的某種東西。

「雲消霧散」正中貝佐布拉佐夫的肉體。

◇　◇　◇

貝佐布拉佐夫個人研究所的魔法防禦消失。

研究所的屋頂、牆壁，所有建材、設備與日常用品化為砂塵崩解。

他藏身的大型CAD，從機殼、控制台到電子回路，全部失去輪廓碎散。

到了這個階段，貝佐布拉佐夫才終於察覺異狀。但在認知到異狀的下一剎那，他和運作中的CAD硬是被切斷連線，害得他的精神受到強烈衝擊。

意識變得不清晰，感受不到痛苦與絕望，這對他來說恐怕是一種幸福吧。

貝佐布拉佐夫的肉體界線連同衣服變得模糊，形狀扭曲，色彩變淡而且擴散，隨著只在一瞬間微弱燃燒的小小火焰，從這個世界消失。

◇◇◇

即使抹殺貝佐布拉佐夫，戰鬥也還沒結束。登陸島嶼的寄生物也必須除掉，但是達也內心認為更應該優先處理的是發動飛彈攻擊的新蘇聯基地與潛艦。這兩者如果不由達也出手應該很難應付吧。

沒有不反擊的選項。忍氣吞聲會招致進一步的蹂躪。能保護尊嚴的只有自己。個人與國家都適用這個道理。

他再度拿起「銀鏃」。只要不是貝佐布拉佐夫這種擁有極強魔法力的對手，使用「槍」造型的ＣＡＤ進行長程魔法狙擊比較容易建構影像。

達也轉身向後——朝向南方。他從剛才艦對地飛彈的軌道得知潛艦躲在南方海中。潛艦發射飛彈至今還不到五分鐘，肯定沒有跑太遠。

（——艦名「庫圖佐夫號」。已燒島南方四十公里，水深五十公尺處。現在停止中。）

潛艦「庫圖佐夫號」沒有從發射飛彈的場所移動。大概是正如達也的擔憂，預定發射第二波吧。或者是受命在原地觀測戰果。無論如何，潛艦留在領海外圍的鄰接區正合達也的意。

（取得潛艦構造情報。）

達也開始調查潛艦的構造，尤其注重推進器。

「庫圖佐夫號」使用非電磁式的噴水推進器。現代的軍事艦艇以電磁推進裝置為主流，這艘潛艦刻意採用非電磁式，大概是要防範磁氣偵測吧。不提理由，使用機械可動部位較多的推進器是應該歡迎的事——破壞的時候方便許多。

（分解層級：可更換之零件。）

將一開始就設計成可更換的零件拆掉，在分解魔法之中比較簡單，負擔也比較小。

達也扣下「銀鏃」的扳機。

「庫圖佐夫號」的推進裝置出現大規模破損。雖然沒對艦身造成致命打擊，卻是不可能在水中修復的等級。

這樣下去將在海中進退不得。「庫圖佐夫號」沒搭載核反應爐，所以也沒搭載從海水製造氧氣的裝置。艦內氧氣遲早耗盡造成船員全死。「庫圖佐夫號」如今只能上浮。

接著達也為求謹慎，將潛艦的飛彈發射器全部破壞。雖說破壞，卻不是使用炸毀或拆掉這種粗魯手段，而是截斷發射口開關裝置的線路。這麼一來就不必擔心遭受艦對地飛彈的攻擊。

達也不等「庫圖佐夫號」上浮就轉過身體。

「銀鏃」瞄準北北西一千七百公里處，哈巴羅夫斯克西方兩百五十公里處的比羅比詹基地。

（回溯飛彈情報。）

剛才「分解」的超高音速飛彈，達也以「精靈之眼」沿著飛彈的情報回溯到過去。最高速度超過二十馬赫，約五分鐘的飛彈軌跡在瞬間回溯，抵達飛彈起飛時的地下發射台。

從該處水平擴張「視野」。

達也腦中像是航空照片（實際上是透視地下）的心象成為影像。

（「視認」地下共有六座無人飛彈發射台。）

比羅比詹基地擁有的地下發射台共六座。數量意外地少。大概是分散在各個基地防範敵人攻擊吧。不是採用移動式發射台防止在發射前損毀，而是在地理上分散防止全滅。只有領土過剩的大國才被允許實現如此奢侈的構想。

即使破壞這裡，也可能遭受其他基地攻擊，不過到時候再說。依照現在的局勢，應該帶著警告的意思扣下扳機。

（瞄準：六座地下發射台。）

除此之外，地下還有飛彈管制設施，但這次不將有人的設施列為目標。

這是為了避免事態愈演愈烈。達也判斷這樣就足以達成自己的目的。

（雲消霧散，發動。）

達也使出將物質分解到元素層級的魔法。

一千七百公里遠的比羅比詹，六座地下發射台被炸毀。這場爆炸並不是來自飛彈自爆。

這是因為大量的金屬、合成樹脂、元素化合物半導體、夾板、人造石等固體瞬間氣化增壓而造成的爆炸，當地沒有任何人理解這一點。

噴發的粉塵，彷彿不帶火焰的噴火。

[9]

日本時間二〇九七年八月四日上午九點四十五分。

戰鬥開始至今短短三十多分鐘，登陸巳燒島的美軍部隊全軍覆沒。

不是無人生還的意思，防衛隊這邊也有將受傷的敵兵逮捕之後進行治療，不過活下來的只有人類。寄生物全被殲滅無一倖免。

也沒有寄生物逃離肉體免於毀滅。達也沒放過任何一具寄生物。

就這樣，巳燒島攻防戰以四葉家的完全勝利收場。

雖說不是正式作戰，而且官方視為「反叛軍的暴行」，但是USNA的正規軍對上民間的魔法師集團毫無招架之力。這個事實震撼各國（包含日本）的軍事相關人士，「四葉」在這個世界更加惡名昭彰。

不過，讓世界戰慄的不只是這個事實。

◇◇◇

「哥哥！不對，達也大人。您辛苦了。」

達也回到司令室，是戰鬥結束約五分鐘後的事。

深雪在幾乎要撲上去的時候停下腳步，也從「哥哥」改口為「達也大人」，以文雅的鞠躬迎接達也——司令室的成員似乎裝作沒聽到深雪所說的「哥哥」兩字。

「深雪，妳也辛苦了。」

深雪抬頭嫣然一笑，回應達也慰勞的話語。這張笑容兼具優雅貴婦與清純少女的感覺，兩種面貌保持絕妙的平衡。

「謝謝。達也大人，您沒受傷吧？」

達也的戰鬥裝甲乍看之下毫無損傷。雖然終究沾上塵土，但是別說出血痕跡，甚至找不到敵人濺上的血跡。

「我沒事。完全沒受傷。」

「聽您這麼說，我就放心了。」

大概是正如自己所說，她對達也的擔憂完全消除了。深雪再度嫣然一笑，視線朝向主螢幕。

「話說達也大人，那個要如何處理？」

深雪以視線示意的，是在一分為三的畫面中埋在冰裡進退不得的USNA軍艦。驅逐艦「赫爾號」、驅逐艦「羅斯號」以及兩棲突擊艦「關島號」。

「在戰鬥告一段落的時間點，勝成表哥就勸告他們投降，現在正在等待回應。只要對方答應就解除『冰河期』吧。」

「遵命。」

『司令室，請深雪小姐接聽。』

如同聽到兩人的對話，勝成傳來語音通訊。之所以沒有影像，大概因為戰鬥裝甲的通訊機是透過移動基地轉傳吧。

為求謹慎，以顯示島上影像的副螢幕確認，發現勝成站在東岸的碼頭。外海的兩棲突擊艦「關島號」肯定只露出一部分的上層構造，但他還是想要親眼監視敵方動靜吧。

「勝成表哥，美軍回應了嗎？」

回話的不是深雪，是達也。

『達也表弟，你回司令室了啊。』

對於深雪沒應答，勝成並未表達不滿。

『如你所說，就在剛才，兩棲突擊艦關島號的艦長安妮．馬奎斯上校回覆答應解除武裝。兩

「不是投降，而是解除武裝嗎？看來是相當倔強的艦長。」

對於達也這番話，深雪露出想發問的表情。

『我們是平民，沒有納管軍方物品或俘虜軍人的權限。基於不知道該如何處置的意義來說，雙方都差不多吧。』

但是不必由達也回答深雪的疑問，深雪聽勝成說明似乎就大致理解了。

『總之我會先要求他們手無寸鐵離開船艦。順便希望你們解除凍結海面的魔法。這個魔法出自深雪表妹之手吧？』

「說得也是。這應該是妥當的做法。」

達也同意勝成這番話，向深雪使眼神。

深雪朝達也的視線行禮致意。

下一瞬間，海面出現異狀。不，考慮到現在的季節與緯度，或許應該形容為「回復正常」。半徑一公里、五公里與十公里的冰原眨眼之間消滅。冰原並非自然融解的證據不只是消失的速度，周圍的海水出現降溫現象，反倒是因為冰原出現而變冷的周圍海面也回復為原本的水溫。

「勝成表哥，請您繼續交涉。」

深雪若無其事，真的是以一如往常的聲音向麥克風說話。

『收到。』

勝成的回應確實以傻眼語氣附上「天啊，你們真的是……」這段副音軌。

◇◇◇

闢島號的安妮．馬奎斯艦長完全喪失抵抗的氣力。

襲擊自己艦艇的「天災」，和她知道的魔法完全是兩回事。

次元不一樣。

在稱為一瞬間也不為過的極短時間，全長超過三百公尺的巨大艦身就被封鎖在冰裡。雖然艦內免於遭受寒氣侵蝕，但是艦艇外部連甲板都被寒冰囚禁。凍結深達電磁推進器內部的海水，完全動彈不得。

不用任何人說明，她也知道這是攻擊目標島上魔法師幹的好事。然而在這種狀態也不可能反擊。艦艇化為無法移動的單純標靶，肯定會在反擊之後遭受狙擊。何況砲塔與飛彈艙門都凍結，即使想動也動不了吧。

對方以無線電提出投降勸告，馬奎斯艦長對此不必煩惱太久。正確來說應該是沒有選擇的餘地。即使如此，她還是在部下面前假裝煩惱五分鐘左右才答應投降。

緊接著，不只是馬奎斯艦長，所有船員再一次嚇破膽。

因為目擊到封鎖艦艇的寒冰連同冰原消失。

像是作夢，感覺作了一場惡夢。所有船員都抱持這個感想。

大概是因為缺乏「敗給人類」的實感吧。所有「船員」都沒違抗艦長的退艦命令。

「可以請博士一起離艦嗎？」

部下們不是搭乘運輸艇之類的戰鬥用船艇，而是搭乘緊急用的橡皮艇離艦。安妮．馬奎斯透過艦外攝影機看著這個影像，催促留在作戰情報中心的艾德華．克拉克離艦。

「在這種狀況也逼不得已了……我可以回艙室一趟嗎？我想去拿私人物品。」

「不是武器就沒關係。」

「不是武器。那麼，恕我失陪。」

克拉克一副想要隱藏不滿卻藏不住的態度。清楚看得出他內心其實不想離艦——不想投降。

就算這麼說，但是馬奎斯艦長放心了。她是會抱持「過於懂事的態度證明是在騙我」這種想法的人。

馬奎斯以艦內警備系統確認除了自己不剩任何人，輪機全部停止，然後離開作戰情報中心。

她並非對機械一竅不通，卻也沒有和專業技術人員同等的知識。馬奎斯艦長沒察覺自己艦艇

的情報系統早已被克拉克一夥人入侵破壞。

作戰情報中心沒人之後，克拉克立刻和他的合作夥伴回到這裡。對於掌握艦上電子頭腦的克拉克來說，要掌握現在艦上哪裡有多少人是輕而易舉。

他的「合作夥伴」不是以市民權釣到的外國籍兵士，是在出海前以金錢收買的海軍士官兵。其中沒有任何一具寄生物。所有人都擁有操艦技術，換句話說，這顯示克拉克從作戰開始之前就沒有自己一個人逃亡的意圖。

說他打從一開始就打算輸，應該是牽強附會的說法。但他肯定做好打輸之後的準備。他明白自己在USNA的立場日漸惡化，也正確認知到這次的作戰是力求反敗為勝的豪賭。

如果輸了，自己在USNA將無處可回。克拉克或許早已這麼認定。

而且這絕對不是錯誤的猜測。雖然是事後才知道，不過無論本次作戰「是否成功」，五角大廈與白宮都打算和克拉克切割。

冷靜思考就發現不會很難理解。艾德華．克拉克在檯面下的社會或許身為「七賢人」的幕後黑手而擁有強大影響力，但在檯面上的社會只不過是政府機構的一介職員。「七賢人」的力量來源「至高王座」，也是只要聯邦軍參謀總部有心就隨時可以切斷連結的東西。

相對的，達也是現階段擁有世界最強魔法力之戰略級魔法的使用者。這個魔法某方面來說確實撼動ＵＳＮＡ的霸權，但是相對的，也可以期待該魔法將新蘇聯與大亞聯盟壓制在日本以西的區域。達也最近和日本軍處得不是很好，ＵＳＮＡ的情報機構正確掌握到這個動向。五角大廈的專家認為只要交涉得當，可以將達也當成ＵＳＮＡ在西太平洋區域的強力盟友來利用。

除了這個軍事上的價值，要是能獲得達也的「恆星爐」技術，將會為ＵＳＮＡ的經濟帶來極大的助益，白宮的經濟幕僚懷抱這樣的期待。所謂的可再生能源不夠穩定，美國經濟界老實說對此並不滿意。

想要使用多少能源，都可以隨時隨地自由使用。若想取回昔日享受的「大量生產、大量消費之豐饒社會」，「恆星爐」將會成為一切的開端。雖然不能大為張揚，但是這麼認為的人絕對不算少。

如果只從克拉克和ＵＳＮＡ的關係來判斷，他在這時候搶奪軍艦逃走絕對不是太差的選擇。

克拉克透過艦外攝影機看見馬奎斯艦長搭乘的橡皮艇駛離夠遠之後，命令重新發動輪機。賦予給軍中艦長，二話不說凍結全艦機能的「緊急碼」不能以無線方式使用。必須讓馬奎斯離開到即使想趕回艦上也來不及的遠處。

「請瞄準那座島的東岸發射飛彈。」

克拉克的這道命令，始終不是想成功暗殺達也。證據就是他明知四葉相關人員的居住設施位於西岸，他卻瞄準東岸。他想攻擊被抓的「俘虜」，以及正在等待橡皮艇駛離關島號之後收容船員的守備隊，藉以造成混亂，爭取逃離的時間。

以結果來說，這個決定要了克拉克的命。

「請全速往南方航行。」

「收到。輪機全速。」

負責操作輪機又兼任導航的海兵依照克拉克的指示，一口氣將電磁推進器的功率推到最高。

「博士！VLS的發射口打不開！」

同時，坐在火砲管制席的士官，告知兩棲突擊艦「關島號」出現的第一個異狀。

「關島號」的飛彈系統採用垂直發射裝置。保護飛彈的發射口沒開啟就不可能發射。

「不得已了。中止飛彈攻擊。」

克拉克切換得很快。終究只是牽制，不必拘泥於攻擊。

他看向負責導航的海兵，要催促他趕快啟航。

然而在他催促之前，監控艦上狀況的系統發出警報。

「什麼事？」

為了不輸給響亮的警報聲，克拉克拉開嗓門詢問。

「是進水！本艦外殼出現複數龜裂！」

回答的聲音比克拉克的聲音更大，更加歇斯底里。

「緊急關閉防水門！」

「不行，來不及！」

作戰情報中心籠罩在恐慌之中。

「龜裂擴大！本艦要分解了！」

響起不祥的軋轢聲，克拉克隨即感受到劇烈的晃動與漂浮。

椅子正在傾斜。

克拉克領悟到「關島號」正在沉沒。

「──────」

想叫卻叫不出聲，他的思考在這裡中斷。

或許應該說幸好吧。

艾德華．克拉克免於體驗「溺死」這種難以承受的痛苦。

在任何人都清楚看得出「關島號」即將沉沒的時間點，克拉克的生命就結束了。

他的屍體不會被打撈上岸。

也絕對不會從散落的白骨確定他的死。

他的肉體在意識斷絕的同時消失。

分解四散到元素層級，一部分溶入海中，其餘的部分化為泡沫消失。

◇　◇　◇

主螢幕播放兩棲突擊艦逐漸沉沒的光景，達也將瞄準主螢幕的「銀鏃」收回槍套。

聚集在司令室的盡是四葉家精挑細選的優秀魔法師，擁有得天獨厚的超知覺。即使如此，也只有極少數的三人感受到達也身體釋放魔法氣息。

「達也大人，您辛苦了。」

其中之一的深雪以壓抑過的語氣慰勞達也。聽到她聲音的司令室成員，疑惑這句話為何不含勝利的喜悅與明顯的讚美，不過立刻逕自解釋成深雪應該是身為下任當家在意他人的目光。

察覺達也以「分解」擊沉「關島號」的共三人。

但是察覺達也以「雲消霧散」葬送艾德華．克拉克的只有深雪一人。

克拉克是擁有潛在能力的魔法師，但是能力薄弱，深雪不認為「分解這種肉體」會造成達也的負擔。

但這始終只是不會對魔法力造成負擔。

深雪認為達也不可能對於「直接消除一個人」的行為絲毫不感抗拒。

「謝謝。戰鬥就此告一段落了。妳可以這麼認為。」

達也以若無其事的表情回應深雪的慰勞。

「深雪，向大家宣布勝利。」

而且在深雪露出愁容之前，催促她飾演總大將的角色。

「不，這應該由達也大人……」

深雪睜大雙眼，一度搖頭。

「深雪。」

但是聽到達也再度叫她，她換個想法認為這是自己肩負的職責。

女性人員在深雪面前設置麥克風架。

深雪朝著麥克風端正姿勢，鏡頭朝向她。

達也離開畫面範圍。

副螢幕映出深雪的上半身。

深雪以英姿煥發的表情看向正前方設置的攝影機，以沉穩的聲音開口。

「我以四葉家下任當家司波深雪之名，宣布戰鬥結束。」

此時深雪深吸一口氣。

◇ ◇ ◇

『這是我們的勝利！』

歡呼聲熱烈響起，回應深雪的宣言。

以東北海岸區域為中心，遍及巳燒島各處。

這是歡呼勝利的聲音，也是為年輕貌美指導者感到狂熱的聲音。

『我司波深雪想代替當家四葉真夜，向各位的奮戰致贈感謝的話語。謝謝你們。』

設置在島上各處的螢幕中，深雪的影像切換為全身影像。

從頭到腳，甚至連髮稍都無懈可擊的美女，在畫面上優雅行禮。

更加熱烈的歡呼聲籠罩全島。

◇　◇　◇

深雪向全島進行的播放結束，拍攝她的攝影機也撤走了。

達也稱讚、慰勞深雪之後，走向負責通訊的成員座位。

「抱歉，可以換我來嗎？」

這名女職員年紀比達也大，但是聽到達也草率的譴詞用句，看起來並未壞了心情。這間司令室裡的人們都在這短短不到一小時的時間見識、體認到達也的實力。這名女職員讓座給達也的態度，恭敬到像是對帝王磕頭。

達也以熟練的動作，讓通訊機連上衛星網路。

◇◇◇

『我是日本的魔法師司波達也。』

這段訊息從這種平凡的自我介紹開始。

『今天，日本時間八月四日上午九點四十一分，我以魔法破壞了新蘇聯比羅比詹的飛彈設施。這是因應該基地朝著我所在的日本領土巳燒島發射超高音速飛彈而採取的自衛行動。』

不過，後續的話語和「平凡」處於兩個極端。

『我在飛彈命中前加以破壞，卻不能忽略第二波、第三波飛彈打過來的擔憂。』

『沒有交涉的餘力。我尋找交涉對象的時候，下一波飛彈或許會射來。』

『因此我決定破壞飛彈發射設施，而且實行了。』

『此外在飛彈攻擊的同時，我遭受到戰略級魔法水霧炸彈的攻擊。為了防止這個魔法造成損害，我狙擊了新蘇聯的國家公認戰略級魔法師伊果・貝佐布拉佐夫。』

『我不否定這麼做的結果可能造成伊果．貝佐布拉佐夫死亡。』

『我再次聲明，這是自衛行動。不是踐踏國際法律秩序的恐攻行為。這是完全合法的行為，這個結果必須由非法奇襲的新蘇維埃聯邦與伊果．貝佐布拉佐夫本人負起責任。』

『我沒意願將自己擁有的力量用在破壞法律秩序的恐攻行為。我發誓「無論現在與未來」都絕對不會參與恐攻行為。但是如果我遭受攻擊，或者是面臨當前的威脅，判斷為了自衛而需要動用武力的時候，我不會猶豫。』

『我想各位已經理解，我擁有足以自衛的武力。不會伴隨大規模的爆炸、無差別的殺戮或是生活基礎的明顯破壞，我就可以處理所有衝著我來的不當攻擊。』

『即使是來自世界任何地方的攻擊都不例外。』

達也在這時候刻意改變語氣。

『我再度在此宣布，我希望魔法師和非魔法師的人們和平共存。但是在為了自衛而需要動用武力的時候，我絕對不會猶豫。』

日本國內不用說，ＵＳＮＡ、新蘇聯、大亞聯盟、東南亞細亞同盟各國以及澳大利亞的政府宣傳窗口與民間新聞網站，都直接收到這則影音訊息。

這則訊息是在日本時間上午十點傳送。ＵＳＮＡ東岸是晚上九點，不過在美國國內不到十分鐘的時間，不只是網路新聞網站，連主要的電視台網路都將這則訊息當成頭條新聞報導。

新蘇聯在大約一小時後，宣稱訊息內容無憑無據予以否定。發射飛彈並非屬實，基地被破壞也並非屬實。

然而就像是等待這一刻已久，USNA國防部公開了比羅比詹飛彈基地被破壞的衛星照片。達也的訊息因而獲得可信度，全世界接受這是毋庸置疑的事實。

USNA國防部還搭順風車，主張本次奇襲巳燒島是「新蘇聯特務」艾德華．克拉克偽造命令唆使的，參與奇襲的兵士都是被克拉克欺騙的受害者。在姑且對日本政府道歉的同時，要求日本政府「冷靜處理」這個事件以免愈演愈烈。

達也沒否定USNA政府的主張。

世界認知到達也「個人」擁有的遏阻力不只匹敵，甚至凌駕於所謂的四大國──USNA、新蘇聯、大亞聯盟、印度波斯聯邦的戰略軍。

◇ ◇ ◇

在深雪向島內宣布戰鬥終結，達也向全世界發出訊息之後，這一連串的戰鬥其實也還沒完全終結。

從海裡朝巳燒島發射飛彈的新蘇聯飛彈潛艦「庫圖佐夫號」，在無法行動經過約一小時後認命上浮。

搭乘逃生艇逃出潛艦的新蘇聯士兵，巳燒島守備隊視為「和本次戰鬥無關的漂流者」進行救援，「庫圖佐夫號」則是由達也「分解」擊沉。

等不及換日，媒體從八月四日下午就大舉湧向巳燒島。目的當然是達也。

在巳燒島近海突然出現又突然消失，季節、場所、規模都異常的那些冰原，不只是國立氣象台，民間也觀測到了，但是平常肯定占據頭版成為獨家新聞的這個奇特現象，完全沒有記者想查明真相。

電視、報紙與網路的新聞台，所有人將麥克風朝向達也展開攻勢，想要盡量取得聳動發言。達也沒拒絕採訪，卻也不能完全回應媒體的要求。要是試著實現媒體的所有願望，他大概沒空用餐與睡眠吧。

其中也有記者採取挑釁態度，表示達也的行動無疑是恐攻，他的聲明是對國際社會的挑戰，以質疑的形式滔滔不絕進行自己的論述。不只挑釁達也，甚至有報社寫報導一口咬定他是罪犯，也有電視台在節目上抨擊他——這些公司所屬的媒體集團，從以前一直編寫各種將魔法師視為眼中釘的報導。

不過政府立刻斷言，無論依照國內法還是國際法，達也採取的都是合法行動，因此部分媒體的這些聲音不至於撼動輿論。

日本政府的迅速應對，令人質疑這是為了消除「國防軍為什麼沒處理打向日本領土的飛彈？該不會其實偵測不到飛彈吧？」之類的疑問與批判。

防衛省反駁說他們在超高音速飛彈發射的時間點就偵測到了，主張之所以「委託」達也迎擊飛彈，是依循政府和魔法協會簽訂的防衛協力相關備忘錄。

不少國民對此抱持「這是狡辯吧？」的印象，然而備忘錄本身是早就公開的東西，所以這份質疑沒成為太大的「聲音」。

不過，如果只有日本政府的發言，或許不會這麼影響輿論。發揮更大影響力的要素，恐怕是美國的軍事專家、外交評論家與國際法學者紛紛擁護達也。

在這個問題上，美國的智者比日本人更積極發言。被稱為美國專家的這些人，至少發表意見的人們都毫不例外拿出各種根據，主張達也攻擊比羅比詹基地以及殺害貝佐布拉佐夫（新蘇聯也否認貝佐布拉佐夫死亡）都是自衛且合法。

他們的熱心態度，足以令人臆測或許是白宮暗中牽線。

輿論多數站在肯定意見的題材，對於媒體來說沒什麼魅力。批判正是記者的存在意義——這個信念在二十一世紀末依然根深柢固。

事件發生短短三天後，媒體就一齊從巳燒島撤退，撲向新的新聞題材。

八月七日，後來命名為「巳燒島事變」的事件三天後。

北美利堅大陸合眾國國防部長連恩・史賓賽閃電來日。日美兩國以非常震驚的心態報導這個事件。

以第三次世界大戰為界線，美國總統不再出訪的現在，國務卿與國防部長訪外是USNA最高層級的外交。而且連恩・史賓賽是重量級政治家，成為下任總統候選人的呼聲也最高。

這樣的史賓賽部長在這個時期毫無預告就訪問日本。無論是政治界、經濟界還是媒體業界都從中看出非常重要的意義。

達也的事情變得一點都不重要，應該是理所當然的演變。

史賓賽國防部長和首相會談結束之後會發布何種新聞稿，所有人屏息以待。

◇　◇　◇

同一天，媒體離開之後看似回復平穩的巳燒島，迎接USNA祕密特使的來訪。

這件事──沒引起太大的騷動。

這天，伊豆群島不巧下著雨。

「深雪，『我回來了』！」

如同要趕跑烏雲，那是充滿活力又開朗無比的聲音。

「算是十天不見吧！……呃，看來妳不太驚訝。」

那聲音立刻變成有點不滿的語氣，如同在暗示「內心期待落空」。

「『歡迎回來』，莉娜。妳比預料的還早回來，我好開心。」

表情像是隨時會噘嘴的莉娜，聽到深雪最後補充的這句話之後，露出害羞的笑容。

在深雪的帶領之下，莉娜來到東海岸的研究設施。從媒體採訪解脫的達也，在這裡忙著量產「恆星爐」的心臟部位，也就是能複製、儲存魔法式的人造聖遺物。

「莉娜，歡迎回來。」

剛打照面就被搶得先機，莉娜有點不好意思地回應「我回來了」。

「——喂！深雪與達也怎麼都是這種理所當然般的態度啊？」

然後立刻發出憤慨的聲音。

「妳是在說什麼？」

「還會是什麼，就是『歡迎回來』啊！不覺得這麼說很奇怪嗎？」

客觀來看，這或許是正確的指摘。

不過出自莉娜口中，就是不當的自爆發言。

「哎呀，但我記得是莉娜先說『我回來了』吧？」

「唔……」

深雪立刻反擊，中招的莉娜喘不過氣。

「因為我與深雪都相信妳一定會回來。」

接著達也以絲毫感覺不到開玩笑的語氣，果斷說出「相信」、「一定」這種字眼。

「你……你們真的羞死人了！」

即使莉娜口出惡言，也改不了深雪的笑容與達也不以為意的表情。

「……笨蛋。」

滿臉通紅低下頭的莉娜，需要五分鐘重新開機。

「咳咳。」

五分鐘後，臉蛋還留著少許紅暈的莉娜，刻意清了清喉嚨。

達也有點猶豫這時候是否該笑，以正經表情等待她的下一句話。

「白宮託我轉交一封親筆信函給達也。」

「白宮的親筆信函?總統寫的?」

深雪瞪大雙眼，旁邊的達也疑惑蹙眉。

「不是給日本政府，而是給我……?」

達也確認信封寫的收件人是自己無誤。

「莉娜，我可以在這裡打開嗎?」

接著如此詢問莉娜。

「我反倒希望你這麼做。我也不知道內容，所以如果你肯告訴我內容，我會很高興。」

莉娜投以期待的視線，達也朝她點點頭，拿起工藝刀代替拆信刀。

達也從如今只會在正式官方文件看得見的信封裡，取出同樣在現代罕見的厚質信紙，不只是自己看，也像是要讓深雪與莉娜看見般攤開。

只不過，兩人沒有違反禮節，從旁邊偷看這封寫給達也的信。

親筆信函特地以英文與日文寫下相同的內容。內文密密麻麻，但達也一口氣將英文與日文兩個版本看完之後抬起頭。

「簡單來說，就是要求和解。」

達也的話語充分位於預測範圍內，所以深雪與莉娜都毫不驚訝，反倒以認同表情點頭。

「信裡寫到為了維持太平洋區域的和平，想要建立密切的合作關係。」

對於這段話，深雪與莉娜做出不同反應。

深雪明顯對此不抱特別的感慨，臉上沒什麼反應，相對的，莉娜帶點傻眼的感覺露出苦笑。

她好歹也是USNA高級軍官，立刻察覺內文只限定「太平洋區域」的意圖。

總歸來說，就是「不准對大西洋下手」的意思。

達也也理解這一點，但他原本就不想介入大西洋區域的糾紛，所以內心也沒特別反彈。

不提這個，他更在意另一件事。

「莉娜。」

達也看向莉娜淺淺一笑。

「什……什麼事？」

不祥的預感使得莉娜臉蛋微微抽搐。

「信裡寫到，為了證明合作的意願屬實，所以免費無期限出借『安潔莉娜・希爾茲中校』當成協助夥伴。」

「你說什麼？」

莉娜大喊之後僵住。

「真厲害。原來妳晉升為中校了。」

「等……等一下！」

但她立刻以慌張表情開始反駁。

「我離開STARS了啊！他們也收下退役申請書了！」

「所以才不是『安吉．希利鄔斯』少校，而是『安潔莉娜．希爾茲』中校吧。」

「怎麼這樣……這是詐騙！」

莉娜說不出話。看到她的錯愕表情，達也「呵……」地輕聲一笑。

「……信裡特別寫到無期限，那邊應該也不認為妳會回到美軍。只是因為寫成『逃亡』不是很體面，所以才改成『出借』吧？」

「既然是這麼回事……等等，我可不是物品啊！」

一下子安心一下子生氣，莉娜真的很忙。

「還有，信裡也寫到想成為恆星爐計畫的贊助者。」

總之先讓莉娜盡情發洩情緒，達也將話題移到下一個不能忽視的重點。

「贊助者嗎？」

深雪立刻對這個話題起反應。

「以出資為代價要求我們提供技術……是這個意思嗎？」

「應該吧。」

與其說應該，不如說沒有第二種解釋。

「不過以這邊的立場，我原本就預定提供技術。」

達也的目的，是讓魔法利用在非軍事用途的技術普及。

藉此協助魔法師擺脫成為兵器的宿命。

「深雪」被當成兵器消耗到報廢的未來，達也要以另一個可能性塗改。

USNA的要求，是無須強調的事情。

「總之，資金再多也不嫌多。既然對方肯出資，我就感恩收下吧。」

達也不再將莉娜扔在一旁，將視線朝向她。

「話說莉娜，我要怎麼回信？」

莉娜眨了眨眼睛，從獨角戲的世界回歸。

「那個……回信是吧？可以的話能請你今天回信嗎？明天要交給來到東京的國防部長。」

「知道了。既然是這種內容，也不必和本家商量，我現在就寫。」

達也從抽屜取出古典鋼筆，在特地放入同一個信封的空白信紙上親筆寫起回信。

一旁的深雪為了避免打擾達也，輕聲對莉娜開口。

「話說莉娜，妳居然下定決心了耶。」

深雪想到的是去年冬天，打倒寄生物集合體之後的事。

當時，達也說「如果妳想辭職不當軍人，我幫得上忙」向莉娜伸出援手。莉娜對此回應「我並不想離開STARS」拒絕達也的邀請。

「妳說的下定決心，是我辭去軍職這件事嗎？」

莉娜立刻得出這個答案，由此可知她也沒忘記當時的對話。

「算是吧。我在那之後也被迫想了很多……明明還不到二十歲，明明對於不想做的事情打從心底覺得『不想做』，卻不去正視自己的真心話，逼自己繼續做，我如今察覺這樣應該錯了。」

莉娜有點不好意思，卻以堅定的語氣表明自己心境的變化。

「多虧你們讓我察覺這一點。感謝你們。」

深雪掛著溫柔的笑容搖頭。

「莉娜，下定決心的是妳。即使只是心理上的，但是名為『STARS總隊長』的枷鎖，妳費盡心力才成功甩掉吧？我真的覺得妳好厲害。」

莉娜移開視線，以明顯掩飾害羞的語氣開口。

「不提我，說到下定決心的人，應該是達也才對。」

她接下來說的這段話，奪走深雪臉上的笑容。

從深雪身上移開視線的莉娜，沒察覺這個變化。

「居然發布那種聲明，達也今後可辛苦了。如今全世界都在注意達也，不得不注意。達也受到注目的程度，天狼星肯定比不上吧。」

深雪臉上失去血色，甚至微微發抖。

「深雪？等一下，妳怎麼了？」

莉娜終於察覺深雪的異狀，以狼狽的聲音詢問。

「我——」

「這是……」

深雪正要說「我沒事」的時候，和達也的話語重疊。

「我自己決定的事。」

達也沒抬頭，一邊動著鋼筆，一邊以平淡語氣說下去。

「深雪，妳不必為此傷神。」

「……好的。」

深雪原本想反駁，卻打消念頭。

硬是擠出笑容。

深雪知道自己為此嘆息是錯的。這是侮蔑達也決心的行為。

達也傳送給全世界的訊息，使得世間不曾將注意力聚焦在深雪的戰略級魔法「冰河期」。

讓深雪背負起戰略級魔法師的職責，暫且協助她遠離了被迫成為兵器的未來。

然而這麼做的代價很大。如今對於世界來說，達也不再是單一魔法師，不再是單一個人，而是名為「遏阻力」的一種力量。

達也不會被要求在軍事層面發揮力量的未來。

達也不會被迫成為兵器的未來。

這樣的未來，遙遠得令人絕望。

達也與深雪，兩人心目中的理想。

對於「人類」來說理所當然的未來。

至今，依然遙不可見。

未來，未曾到來——

〔未來篇　完〕

後記

為各位獻上《魔法科高中的劣等生》第三十一集〈未來篇〉。

各位覺得如何？

看得愉快嗎？

這次的副標題別出心裁，應該說我自己也覺得有點拐彎抹角。

各位對於「未來」是怎麼感覺的？

——尚未到來。總有一天肯定會來。

——未曾到來。感覺不會來。不覺得會來。

年輕的時候，我認為是前者。是的，直到一九八〇年代。

不只是年齡，也包括時代的要素吧。一九九〇年代，正確來說在一九九〇年一月之後，我對於「未來」的看法變成後者。

在這之前就有一種封閉感。有一種類似預兆的東西。不過從一九九〇年代的第一年開始，這種封閉感好像變得明確了。一般來說，泡沫經濟破滅公認是從一九九一年三月開始，不過以我實際的感覺，從巔峰摔落的下一瞬間，這種封閉狀況就開始了。

本作品登場角色陷入的封閉狀況比我感受到的嚴重許多，不過來源幾乎肯定是我自己對於未來的看法吧。

……總之身為故事的寫手，我認為一味悲觀只代表自己無能。

我會好好努力，至少在虛構作品實現一個「未來只是尚未到來」的世界。

說到虛構……

「本故事是虛構作品。故事裡登場的名稱，和真實存在的人物、團體與建築完全無關。」

看來我必須重新拿出這段制式說法做個聲明。

我太大意了。虛構的核子潛艦「維吉尼亞號」終究不太妙。不過這個名稱已經在上一集拍板定案。所以「本故事是虛構作品」。「和真實存在的艦艇完全無關」。

今後恐怕也會發生類似的事情，不過請各位一笑置之不予追究。

……感覺這一集也還會出現這種問題。

那麼，說說接下來的第三十二集。

副標題是——保密。不是未定，是保密。因為會洩漏劇情。

雖然這麼說，但我感覺好像已經提過，而且反正會在出版之前公開，所以這只是我的垂死掙扎。即使如此，我在第三十二集構思的內容，希望各位讀者盡量不抱持先入為主的觀念享受。

那麼，下一集《魔法科高中的劣等生》第三十二集，敬請期待。

（佐島　勤）

國家圖書館出版品預行編目資料

魔法科高中的劣等生. 31, 未來篇 / 佐島勤作 ; 哈泥蛙譯. -- 初版. -- 臺北市 : 臺灣角川股份有限公司, 2021.07

面 ; 公分. -- (Kadokawa fantastic novels)

譯自 : 魔法科高校の劣等生. 31, 未来編

ISBN 978-986-524-617-4(平裝)

861.57 110008352

Kadokawa
Fantastic
Novels

魔法科高中的劣等生 31
未來篇

(原著名:魔法科高校の劣等生31 未来編)

2021年7月29日 初版第1刷發行
2024年3月22日 初版第2刷發行

作　者:佐島 勤
插　畫:石田可奈
日版設計:BEE-PEE
譯　者:哈泥蛙

發 行 人:台灣角川股份有限公司
總 監:呂慧君
總 編 輯:蔡佩芬
主　編:林秀儒
編　輯:黎夢萍
設計指導:陳晞叡
美術設計:黃永漢
印　務:李明修(主任)、張加恩(主任)、張凱棋

發 行 所:台灣角川股份有限公司
地　址:104台北市中山區松江路223號3樓
電　話:(02)2515-3000
傳　真:(02)2515-0033
網　址:www.kadokawa.com.tw
劃撥帳戶:台灣角川股份有限公司
劃撥帳號:19487412
法律顧問:有澤法律事務所
製　版:巨茂科技印刷有限公司
ISBN:978-986-524-617-4